邊界與燈

陳芳明

目錄

最後那盞燈

——《邊界與燈》序

到達晚歲的邊境，不知道前面還有多長的路需要追趕。從前計算時間的方式，大約多是每十年作為一個階段。如今跨過七十歲，再也不可能以十年的跨度來計算。六年前開始撰寫「晚秋書」的專欄，總覺得生命的旅途還可以繼續追趕。每兩年完成一部散文專書，從《革命與詩》到《深淵與火》，就已經完成了三分之二的書寫工程。第三部《邊界與燈》，終於也寫好最後一篇，我才驚覺六年的速度稍縱即逝。所有的文字都只是時間的痕跡，彷彿是沙灘的腳印那樣，可以看見最早的起點是如何蜿蜒展開。海水的漲潮與退潮，終究會把沙灘的痕跡擦拭得乾乾淨淨。站在時間的盡頭這邊回望，所有的風聲與水聲依舊還是那麼清晰，只是那段生命已經徹底消失。只剩下這些文字，仍然有跡可循。時間就是潮水，無論留下足跡或字跡，最後終究會被沖刷而走。

身為文字書寫者，永遠都是心有未甘。不同年齡層所留下的文字，最後都被時間的大海所吞噬。生命底層總是存留一些頑強的抵抗，不免懷抱著希望緩慢一點遭到洗刷。至少容許那些文字，變成一部書籍，讓時間轉換成空間，至少還可以留存久一點。我曾經在什麼地方說過，每一部書都可以視為墓誌銘，記錄著過往歲月的轟轟烈烈，只要不致過於潦草，多少還是可以窺見自己的背影。最初寫下第一篇時，總覺得還有一條漫長的道路需要追趕。面對一大片生命的草原，總覺得需要跋涉前進。如今終究也到達了邊界，也到達了時間的峰頂。即使雲層或迷霧遮去了望眼，內心卻非常明白，已經到達一個毋需辯論的境界。

俯望山下的世界，都可以辨識清楚，在怎樣的年齡到達怎樣的高度。前後三本散文集，耗去我六年的時間。眼見自己的友朋次第退休，我仍然還留在學校任教。那份眷戀，全然是由自己的閱讀癖與書寫癖延伸而來。坐在文學院的樓頭，也坐在時間的盡頭，文字與書籍為我開啟了一個無窮無盡的世界。閱讀的過程，其實就是一種時間的旅行，也是一種空間的旅行。完成一部書的閱讀，通常需要兩天的時間。在最深的夜裡，能夠與作者獨處，並且也進行對話，那可能是我生命中極為幸福的時刻。因為幸福，所以不捨。結束對話後，便是動筆書寫書序或書評的時刻。

文學院的樓頭，總是亮著一盞燈。無論是霧氣襲來或雨聲降臨，似乎都是在釀造閱讀時刻的氛圍。第一次到達這個山上的校園時，已經是五十三歲，晚境已然在望。那時已經隱藏一場漫長的追逐，許多夢的企圖等待我去實現。遠離政治之後，讓我有一種浴火重生的感覺，覺得自己的生命不再輕易浪費。我總是把山下的那一條景美溪，視為一道護城河。繁華的城市燈光，總是在遠處閃爍。坐在林蔭樹下的書窗，心情平靜如水，那是最好的思考空間。二十年匆匆過去，自己也從中年跨向晚年，浮動的情緒隨著歲月慢慢沉澱下來。熱情猶在，思考也還在。如今到達生命的晚期邊界，許多夢想已多過濾淨盡。這個座標曾經非常遙遠，如今終於也到了跨越的時刻。

從前有過太多的夢想與幻想，不時可以營造，不時也可以放棄。那是奢華時代的特權，營造一個夢又一個夢。在生命過程中確實有太多的海市蜃樓，只覺得歲月還正漫長，都輕易容其幻化。那時跨越許多邊境與疆界，每次告別一個城市時，都會暗自告訴自己還會再回來，那真的是非常豪邁的時期。走到今天，才察覺自己已經不可能如此奢侈。那時常常攤開地圖，尋找下次即將旅行的城市。甚至也會去尋找，那城市的經緯度。有一年到達喬治亞州的首府亞特蘭大，特別去拜訪人權鬥士馬丁路德金恩的墳墓。那時是夏天，整個城市非常悶熱，而且汗水濕透了內衣。他的墓座落在藍色池水的中央，莊嚴而親民。在那時刻，才真正感受了美國歷史的莊嚴與偉大。於我而言，那也是一次邊境旅行。終於觸及了黑人文化的靈魂，完全化解了自己從前的膚色偏見。

生命的邊境無所不在，從膚色到族群，從性別到階級，都是在漫長的旅途中逐漸跨越。對這個世界的認識，從來都是點點滴滴累積而成。盲點與偏見，也往往是從知識養成過程中慢慢形成。如果未曾到達，就不可能獲得真正的知識。對於生命的理解，也必須真正穿越過，才會發現自己的未知與無知。年輕時期耽溺在宋代歷史的知識，卻從未造訪過北宋的開封，或南宋的杭州。那樣的知識旅行，不僅沒有攜帶地圖，也未曾到達歷史現場。終於在跨過中年之後，才知道那樣的知識追求只是一場徒勞。終於回歸到台灣歷史與台灣文學，生命早就跨過中年的邊境。彷彿是作了一場虛幻的夢，終於察覺自己深陷在時間的迷宮。

回到台灣文學的場域時，才察覺自己所追求的知識終於都點亮了。穿越那麼多邊界之後，也經過那麼多的迷路與摸索，才為自己的生命找到了安頓。站在生命這頭，再次回望迢迢的路程，更加明白自己所穿越過的關卡。從前的許多驚險，都化為如今的文字，彷彿自己的靈魂也都馴服下來。站在歲月的邊界，選擇這些文字記錄自己的跋涉過程，無非是點燃一盞盞燈，照亮過去的來路。前面還有多少旅程要追趕，似乎還無法辨識。站在這個時間的邊界，能夠暖和自己的靈魂，唯有繼續追求知識，勇敢走下去。

二〇二一年二月一日 政大台文所

靜靜的舊城校園

1

終於完成《謝雪紅評傳》時，彷彿是克服一場艱難的障礙賽。從一九八七年開筆撰寫到一九九一年全書殺青，前後橫跨四年的時間，也是我進入中年時期的一個挑戰，更是總結我在海外流亡十八年的一個勞作。從來沒有想過這本書會耗去我長久的時間，終於寫完的那個剎那，似乎有一種獲得解放的快感。那年到達四十歲時，已經強烈意識到即將迎接人生的下半場。在那之前，我的歷史研究始終徘徊在第十世紀到十二世紀的宋代中國。那是我學術研究的一個轉向，也是我精神航行的一個回鄉。當初開始撰寫時，以為只需要十萬字就可以有一個交代。伴隨著書寫的進行，許多未曾預料的文獻與書籍不斷浮現。最初有一種一廂情願的想法，只要把台灣總督府編纂的《台灣警察沿革誌》全部爬梳，大約就可掌握謝雪紅前半生的跌宕起伏。後來才訝異察覺，我似乎捅到一個蜂窩。

以書寫來刻畫自己的生命進程，是在微近中年之際慢慢養成。真正意識到以書寫形式作為不同年齡的里程碑，我已經在海外流浪十年了。一九九一年寫完這部傳記時，我好像經歷了漫長的考驗。心裡總是有一個聲音告訴自己，如果可以回到台灣，究竟會交出怎樣的成績單。這部評傳就是我要呈現給故鄉的作品，而且是以截然不同的面貌回航海島。在此之前，我是右派的思考者，也是男性的書寫者，更是中國的信仰者。在此之後，我已經具備了左派觀點，也具備了女性觀點，更具備了台灣觀點。這是我生命中非常關鍵的迴旋，從此開始主導我未來的創作與學術。跨過一九九〇年代之後，我已經看見台灣正朝著全新的方向航行。我無法原諒自己繼續留在海外，更無法原諒自己向台灣繳了白卷。

一九八九年第一次回到台灣時，非常感謝一位朋友陪伴我講話。從下午一直到黃昏之後，我到現在還是清楚記得那個場景。從未謀面的初安民，邀請女性詩人沈花末來我的住處見面。那天房子的主人陳永興恰好不在，初安民與我第一次見面，相談甚歡。那時他是《聯合文學》的主編，我未曾在他的雜誌寫稿。但是他像故人一般，很親切與我談話。那是我返台後所認識第一位陌生的朋友，他在《聯合文學》工作，屬於《聯合報》系統，在當時也是把我視為假想敵的半官方媒體。初安民好像不為所動，在談話間不斷邀請我為這份雜誌寫稿。在夏天一個返鄉的陌生旅人，心情不免有些浮動，卻因為與這位年輕編輯靜靜談話，整個心情都穩定下來。後來他才讓我知道，原來是畢業於成功大學中文系，是一位從韓國回來的僑生。他已經定居下來，也把自己定位為台灣人。我不知道為什麼，他對我在海外所寫的散文頗多注意。

一九八八年還未回鄉之前，林佛兒所主持的林白出版社，特地為我的散文與評論結集。一本是以陳嘉農為筆名的散文《受傷的蘆葦》，一本是以宋冬陽為筆名的文學評論集《放膽文章拚命酒》。那是我離鄉那麼久之後，第一次化名重現台灣文壇。初安民與我對談時，似乎特別欣賞我所寫的散文。總覺得自己已經被故鄉忘記，甚至覺得沒有多少舊識敢於前來相認。初安民是我少數認識的新朋友，卻對我表達相當的信任。他甚至也說，希望我能夠為《聯合文學》撰稿。在那時刻，內心頗為感動。至少還有一位編者扮演讀者的角色，肯定我的作品。我不知道如何解釋那時的心情，極為感動甚至有些激動。在海外一個人默默孤獨地書寫，其實從來不會期待有人會讀我。在那麼久的時光裡，總是覺得自己是被遺棄的人，甚至是被整個世代放棄的剩餘與多餘。那時年輕的初安民毫不畏懼與我相見，前後大約有四五個小時之久。望著窗外天已經黑了，我邀請他一起晚餐。但是他說，要趕回去編輯部，我才知道他是抽空出來。

那年夏天的黃昏夜空暗得好快，我的內心卻亮起來。至少在那麼大的台北盆地，還有一位文學編輯默默關注著我，也默默閱讀著我。他是我新認識的朋友，卻開啟了我後半生長期的友誼。那年以思想犯的身分回到台灣，年過四十二歲。生命底層不免燃燒著一些焦慮，常常在望著台北夜燈的時刻，總會不斷追問自己，生命是不是從此就這樣定型，是不是永遠要扮演著被遺棄的角色，是不是永遠被迫拘禁在海外，而終於注定在另一個海岸瞭望台灣。每思及此，就有一種不明的恐慌降臨在周遭。初安民來訪的時刻，使我又對自己產生信心。一位在台上表演的舞者，即使整個廳堂只剩下一個觀眾在觀賞，那樣的表演就值得了。而一位作者書寫文字時，如果只剩下一個讀者在閱讀，應該就可以繼續勇敢寫下去。在返鄉最孤獨的時刻，這位年輕朋友適時出現，簡直是伸出有力的手臂，把我從深淵中拉了一把。

我對整個風貌改變後的台北似乎有一些茫然，總覺得自己雨落大海那樣完全消失不見。整個文壇風景也完全改變了，許多新作家不斷崛起，我更覺得陌生無比。那時一批新的寫手已經登場，包括張大春、楊照、林燿德、朱天文、朱天心。他們作品中所書寫的語法，已經不是我所熟悉的現代主義風格，更不是我已經習慣的鄉土文學味道。他們大約都是一九六〇年代出生，比起我的世代，他們的作品更加開放、更加灑脫。我回來時，台灣已經解嚴兩年，整個文壇的空氣顯得特別活潑。對他們而言，我就是陌生人。在誠品書店、金石堂書店，我努力購買年輕作者的書籍，並且在晚間認真閱讀。台灣文壇已經換了一批陌生面孔，只能站在外面閱讀他們的作品。

我確實是一個陌生人，當時所聽到的音樂卡帶也換了一批陌生的聲音。最常聽到的歌手，無非是蔡琴或鳳飛飛。全新面孔的浮現，似乎在宣告我的時代已經完全過去。那麼大的台北市，只是多出了一個像我這樣的陌生人。內心深處升起了一個焦慮的問題，我必須重新再來，必須以新的文字、新的作品證明自己的存在。我是完全死去的人，只是魂魄重新歸來而已。我的前生已經變得虛無飄渺，我的今世卻不再誕生。坐在咖啡室裡，閱讀每份報紙的副刊，那些作者於我都是陌生人，完全分不清楚自己到底是多餘還是剩餘。在別人眼中，我只是一縷幽魂而已，不多也不少。如果要真正活過來，就必須回來海島的土地重新扎根。那時才強烈感覺到，我不僅僅是一位放逐者，更是一位被棄者。體內的血液脈搏再也不是跟著土地的節奏一起跳動，我是不折不扣的畸零者，更是遭到棄擲的異鄉人。我的在與不在，完全與自己的土地毫不相干。

2

在台北停留一個星期後，我必須回到故鄉左營探望自己的父母。我大哥親自開車，載著我與兩個孩子一起南下。南北高速公路的兩旁風景，於我是完全陌生。童年時期曾經與父親一起北上，乘坐縱貫鐵路的快車，徹夜奔向台北。父親為了節省投宿旅館的錢，總是選擇在火車上過夜。那時鐵路已經電氣化，毋需擔心蒸汽機冒出的黑煙撲面而來。父子兩人擠在一張座椅上，從未有過安眠。那是父親生命裡最辛苦的歲月，卻為了滿足孩子對台北的好奇，總是帶著我一起北上。縱貫鐵道是由日本人鋪成，每次經過勝興車站時車速特別慢，因為要通過山洞與橋梁。半夜裡火車渡河時，都可清楚聽到枕木所傳出壓軋的聲音。那是我童年時期最難忘懷的記憶。

與大哥驅車南下，後座的兒子與女兒也非常好奇，注視著他們父親的故鄉土地。車子跨過大肚溪進入彰化以後，就可以看到非常廣闊的綠色田野。車子朝向彰化平原前進時，不久就跨越濁水溪。從車窗放眼望去，河床亂石累累。那個時節大約還未出現山洪暴發，低淺的水流在沙洲之間蜿蜒穿越。我心裡很明白，跨過這條溪流之後，廣闊的嘉南平原就要在眼前展開。猶記得在史丹佛大學圖書館閱讀台灣歷史，從郁永河的《裨海紀遊》到馬偕的《台灣遙寄》，都提到濁水溪的水流。最早的荷蘭地圖曾經把福爾摩沙畫成南北兩塊島嶼，也許他們最早到達台灣的時候，濁水溪洪水滾滾，他們誤以為是兩個海島。那些閱讀的記憶，帶著我重新認識我島國的地理形勢。如今在高速公路目睹這條壯闊的河流出現時，更加覺得自己是何等渺小。見到夢想中的濁水溪，心情有些激動。離鄉那麼久，終於探測出我對台灣土地的感情。噙著淚水，我注視著濁水溪在車窗外呼嘯而過。我不敢回頭看駕駛中的大哥，還有後座的兩個孩子。那種感情只屬於我私密的內心，只能暗暗消化在起伏的情緒裡。

我似乎聽到後座的兒女發出驚呼，這是他們生命中第一次看見台灣。中央山脈伴隨著高速公路一起向南奔跑，離鄉那麼久，終於看見那屬於台灣土地的綠，眼睛不禁湧出淚水。曾經在加州的書窗裡寫過一篇散文〈深夜的嘉南平原〉，那種想像都在眼前得到印證。大哥驅車相當順利，早上八點從台北出發，下午兩點就進入高雄了。他選擇在楠梓交流道出去，沿著中油公司牆外的那條公路直奔左營。所有的景觀已經改變，再也不是我熟悉的風景。車子停靠在左營大路的家門前，竟然於我是完全陌生。那一排瓦屋仍然還保持原樣，而我卻無法辨識。畢竟離鄉已經超過十五年，所有的景物在記憶裡都已經變形。記憶的錯亂再次證明，我是不折不扣的異鄉人。

進入家門，我走上後棟的二樓。那水泥階梯是我年少時期上上下下走過，我無法控制自己的情緒，迫不及待在樓梯口就高呼爸爸媽媽。他們兩人已經坐在客廳等待，看到我出現時，卻立刻問我兩個孩子呢？十歲的男孩、七歲的女孩，立刻走過去與他們擁抱。女兒似乎有些羞澀，卻壓抑不住她神情的興奮。終於回來了，終於回到父母的身邊。長期離開台灣，我一直有深刻的體會，父母在的地方就是故鄉。七月的南台灣特別悶熱，似乎只有客廳才有冷氣，全家圍坐在沙發與藤椅。父親與母親搶著要跟兩個孫兒說話，而且都是使用台語提問。兩個孩子似懂非懂，也盡量用生澀的台語回答他們。再過不久，孩子好像是回到自己的家裡，開始在樓上樓下奔跑。父母在家裡也許寂寞許久，聽到孩子的聲音，心情特別愉快。他們在茶几準備許多台灣的土產甜點，兒子好像特別喜歡。當他們開始接受故鄉的食物，似乎整個情緒也穩定下來。

晚上睡覺時，我與兩個孩子分配在三樓的房間。那是我高中時期的寢室，尤其在聯考前的半年，幾乎每天清晨五點半就起床，完全是為了背誦英文單字。當年左營的小鎮風光，還保持著素樸狀態，周邊並沒有任何高樓。兩個孩子睡在隔壁的房間，而我直到深夜久久未眠。可能心情太過興奮，一直不敢相信自己已經回到故鄉。左營的夜晚特別寧靜，覺得應該給自己一個安詳的時刻。第二天清晨五點，睡夢中隱隱聽到後院鄰家的雞鳴。那麼多年，從來沒有聽到這樣熟悉的聲音。似醒未醒之際，淚水不禁流下。那好像是一種親情的呼喚，對著我內心的幽谷傳送。清晨雞鳴的聲音，在毫不設防的時刻就觸動了我脆弱的感情。在半醒之間我告訴自己，終於真正回到故鄉左營。這小小的市鎮，見證過我走到舊城國民小學的身影，也看過我騎車到左營中學的背影。整個青春時期經歷了知識啟蒙與政治啟蒙，在這個安靜的故鄉，容許我幼小的身軀慢慢變成青年體魄。我總覺得蓮池潭旁邊的那一排朽舊城牆，就是我生命的護城河。

在雞鳴中拭去淚水，我迎接了回到故鄉的第一天。我答應孩子要帶他們去看蓮池潭，也要去看水中的半屏山倒影。那天早上，帶著兩個孩子穿越那古老的菜市場。最初的記憶，這市場一直都那麼髒亂。通過市場的走廊，依舊潮濕，而且空氣中可以嗅到發霉的味道。販賣肉粽、肉圓、碗粿的攤位，還是擺在原來的地方。童年時期的許多記憶，竟然還那麼完好地保留下來。我的孩子非常好奇，站在那裡觀察許久。依稀中，彷彿就是我童年時期複製的身影。他們在加州非常喜歡去超市，從來沒有想過台灣的傳統市場是那麼好玩。他們甚至蹲在路邊，看到賣金魚的攤販勾起他們的好奇心，蹲在那裡圍觀許久，遲遲不想離去。在那附近也看到一攤販賣火龍果，那是我從來沒有見過的。離開台灣之前，從來不知道有這種水果。紅色的果皮在陽光下特別亮麗，周身的果刺張牙舞爪，使我感到非常訝異。離鄉太久了，有太多細節變化完全改變我的記憶。

穿過市場之後，我選擇曾經穿越的小巷，終於經過城隍廟。那是小時候最喜歡與同學探險的地方。那時常常走進廟裡，去看七爺八爺的廂房。窺探了白臉吐舌的七爺，面孔漆黑、眼睛猙獰的八爺，總會驚聲尖叫，然後拔腿而跑，那是幼小心靈最早的冒險。我也帶著兩個孩子去城隍廟拜拜，但是沒有帶他們去看七爺八爺。然後繼續沿著小巷，一直走到舊城國小。走進去時，頗覺陌生。所有的建築已經完全改變，只有校園內的孔廟與那棵榕樹還在。那株榕樹是永恆的記憶，那種開枝散葉的盛況，勾起童年時期的浮光掠影。孔廟的建築格局有限，那是清朝時期遺留下來的古蹟。左營的孔廟已經遷到半屏山下，校園裡舊有的規模似乎已經沒落。孔子與弟子的牌位全部都移走了，只剩下空蕩的廊柱。我在這個屋簷下度過幼稚園時期，那是我接受知識教育的最早階段。坐在紅色的地板上，忽然不知自己身在何處。在這裡接受完整的小學教育，也在這裡結識許多幼年時期的朋友。其中有一位叫謝新達，也是一九八〇年代家喻戶曉的豬哥亮。在同一個學校度過童年時期，但最後都擁有不同的人生。我走過教室的走廊，從窗口望進去，才發現桌椅那麼矮小。簡直不敢相信幼年的自己，可以坐在格局如此有限的小椅上。我的知識旅程確實是從這裡出發，從來未曾想像過，會經過那麼多危險的道路。旅途上的風雨，讓我嘗盡了苦澀、訝異、惆悵與驚喜。終於回到母校時，我已經是四十二歲的中年。怔忡站在走廊許久，我很懷疑自己回到了故鄉，更懷疑自己是不是能夠回到自己的土地安身立命。我生命中夢想的原型，原來都是從這裡釀造出來。生命中有太多的回不去，也有太多的過不去。在那時刻，我下定決心，有一天一定要回到台灣歷史的現場，重新開啟我未來的人生。

二〇一八年七月十四日 政大台文所

盛夏的左營陽光

1

去祭拜我的外祖父祖母，是我回到故鄉最重要的儀式。一九七四年六月，那時新婚不久，租屋在南京東路的巷子裡。當時並沒有裝設電話，而只是每天下班或下課時先回父母在台北的住宅，向他們請安後才回家。猶記得那年碩士畢業後，並未擁有一份穩定的工作。當時已經計畫要出國留學，所以就兼了兩份工作。一份是在大學教書，分別在輔仁大學與東吳大學開授中國近代史的課程。另一份是在《書評書目》擔任助理編輯的工作，當時的主編是隱地，我從他身上獲得許多編輯的經驗。因為知道自己不久就要出國留學，對於自己的兩份兼差就更加珍惜。在學校我認真教書，在雜誌我認真學習編輯。在那段時期，日子過得非常充實。在工作之餘，也繼續撰寫散文與詩評。

那年六月一個星期日的午後，我的大弟陳守仁來敲門，告知外祖母已經走了。一股前所未有的悲傷立刻湧上來，我終於坐下來哭泣，大弟坐在我旁邊也是淚水直流。在家族裡父親是一位孤兒，似乎只有少數親戚保持著疏離的往來。反而是母親這邊有三個弟弟，也就是我的舅舅，往來甚為密切。外祖母住在左營的一個小小磚屋，整個中學、大學時期常常去探訪她。由於她左腳不良於行，終年躺在床上。在我生命裡，她是位階最高的長輩。而外祖父則常常來家裡探訪，那是我成長時期最喜歡的一位長輩。在出國前夕，外祖母去世似乎帶來巨大衝擊。好像在我的靈魂深處浮現一道鮮明的界線，我的前生都劃歸在外祖母那邊。離開台灣之前，我一直無法忘懷送葬的日子。外祖母一輩子沒有讀書，到晚年時長老教會的信徒教導她聆聽白話字聖經，最後的告別式就是在左營的基督長老教會舉行。我與家人親戚坐在教堂的長椅上，仰望著牧師以乾淨簡單的語言，表達對外祖母的懷思。那時內心非常感動，從來並不識字的外祖母似乎有了靈魂的寄託。家人決定給外祖母土葬，在炎熱赤日下走過墳地，成為我離台前最深刻的記憶。

一九七五年春天，我已經在西雅圖住了半年。有一天打長途電話回到台灣，電話筒那邊母親的語氣突然有些遲疑。我在追問之下，她才說，你的阿公在去年十月車禍身亡。因為考慮到我才出國不久，不要帶給我感情上的負擔。聽到這個消息，我立刻悲痛哭泣。母親隔著海洋不斷安慰我，只是我無法停止下來。一九七四年對我而言，彷彿是生命的分水嶺。所有童年的記憶，所有成長時期的慰藉，都在我飛越太平洋之後完全切斷。

終於帶著自己的兩個孩子回到故鄉，彷彿是懷抱著某種願望，希望可以把切斷的記憶又銜接起來。我的二舅驅車帶我去鼓山的龍泉寺，因為外祖父的骨灰就置放在那裡。登上塔寺的二樓，舅舅領著我走到牌位前，抬頭望見外祖父的照片時，我的情緒立刻崩潰，站在那裡哭泣甚久。壓抑許久的情緒終於都毫不保留地釋放出來，內心帶著一種懺悔，也帶著一種愧疚。總覺得自己一事無成，而被帶到祖先的牌位前面，簡直無法面對天上的祖父祖母。我只被容許回到台灣一個月，只能在最短的時間裡重新建立家族感情。站在龍泉寺的樓上，我瞭望著外面茂密的林木，每一株樹都是那樣茂盛，每一片葉子也是那樣青翠。陽光甚熾，那是典型的台灣夏天。環繞四周的台灣植物，全然與北國的林木毫不相似。聖荷西的林木以杉樹居多，有時也錯落著一些白樺。枝幹往往特別拔高，都是屬於落葉喬木。而台灣的植物四季都是綠色的，似乎沒有任何季節的區隔。離鄉太久，如此常綠的植物，彷彿在低語召喚我。

這大概是屬於一種歸鄉的儀式，讓自己的魂魄再由祖先確認一次。內心裡積壓許久的千言萬語，都在祭拜之際傾吐出來。就像第一天早上，在家裡的祖先牌位之前，我也站在那裡默默低語許久。南台灣潮濕的空氣，彷彿在我肌膚上敷上一層濕黏的汗水。那是一種悶熱，而且近乎窒息。而這一切我都必須接受，畢竟我是台灣南部的孩子。而且也在這樣的無數夏天成長，跨過童年、少年、青年的階段。我的生命就是嘉南平原不可分割的一部分，無論如何難耐都必須接受。我無法確知有一天是否可以定居下來，父母也都知道我是黑名單的人物，而且也只獲得允准停留一個月而已。有一天晚上，因為與中學同學見面特別遲歸，父母一直坐在客廳等待。他們看見我上樓時，終於鬆了一口氣。第二天早上我語帶責備，不要為了我而遲睡。母親似乎猶豫了一下，她才說出內心話：「因為你是國民黨的黑名單人物，他們很有可能刻意製造一場車禍，可能會有不幸後果。」這時我才明白，他們是如此牽掛，讓我內心甚覺愧疚。我更加能夠體會，台灣的善良百姓原來是這樣在過日子。

停留在高雄期間，正好《笠》詩刊在鹽埕區舉行年會。他們邀我出席，因為女性詩人陳秀喜也會參加。在出國之前，年輕一輩的寫詩者都已經習慣叫她姑媽。尤其對我而言，她似乎特別照顧。當年出國前的結婚儀式需要有一位媒人，我特地邀請她扮演這樣的角色。她的第一本詩集《樹的哀樂》出版時，特別邀請我為她寫序。當時我以〈祝福一株不老的樹〉為題，表達我對她的感謝。她所帶給我的溫暖，常常在我最孤寂的時刻浮現。那天我到達會場時，坐在最前面的陳秀喜特別走過來與我擁抱。彷彿隔世那樣，我的心情特別激動。那天我站在台前講話時，特別公開問她：「如果是妳自己的孩子離開這麼久，妳原諒他嗎？」我只看見她雙手蒙著面孔，淚水一直流下來，而我站在台上也不停流下眼淚。那是一場無法以任何言語形容的重逢，畢竟離開那麼久，甚至我也無法原諒自己。旅行那麼長遠的道路，歷經那麼多風霜，似乎就是為了安排這一場相會吧。這是我回鄉的一個重要儀式，必須與疏離許久的親朋再度相聚。

冥冥中，總覺得自己很早就已經在海島的土地逝去了。如今再度歸來，也許是以另一種形式的魂魄歸來。當年離開時才二十七歲，回來時已經四十二歲，好像站在時間的盡頭，墊腳也看不見當年的出發點，更看不見自己年輕的身影。異鄉的土壤很早就把我的人格完全改造了，那曾經是脆弱、傷感、畏怯的靈魂，早就離開我的肉體。如今換取的是另外一個無畏的生命，面對陌生的風雨，面對傲慢的強權，已經毫無所懼。我對於文學的擁抱，對於詩的耽溺，似乎沒有改變，只是品味與審美已經出現一些落差。海外時期所寫的詩行，其實夾帶著太多的憤怒，尤其寫過一首〈祭林游阿妹〉，就是獻給林義雄的母親。在詩行之間，掩飾不住一種強烈報復的心情。那時內心也非常明白，詩是不能這樣寫，但是在一定的程度上，也非常誠實表達真正的心情。現代主義的詩觀，我確實曾經放棄過。必須離開政治運動的場域之後，我才慢慢恢復從前對詩的信仰。

2

回到高雄的第三天，在左營中學教書的彭瑞金，邀請我一起去拜訪葉石濤先生。從未謀識的葉石濤，一直是我海外時期非常崇拜的長輩。由於我開始為《文學界》寫稿，也間接認識了他的文字。一九八七年二月他出版《台灣文學史綱》時，也特別以航空寄贈我一冊。在加州的星光下，我閱讀他的著作直到深夜。對我個人來說，葉石濤是一位重要的文學啟蒙者。在許多地方，我不只一次提到他的名字。最早捧讀他的文字，是在一九六五年十二月的《文星》雜誌上。那時他已經發願，在有生之年要寫出一部台灣鄉土文學史。撰寫那本重要著作，依賴的是一股不滅的意志。我已經注意到這部重要作品，出版於一九八七年二月。那時台灣還未解嚴，可以說是台灣戒嚴時期相當突破性的里程碑。常常自稱是老朽作家的葉石濤，其實是具備了充沛的膽識，敢於在威權時代以台灣之名發聲。

在我內心浮現超過二十餘年的葉石濤，原來他的住處距離我的老家走路僅需五分鐘。位在勝利路口的葉宅，其實是非常喧囂的地點。彭老師引導我上樓，葉石濤走出他的書房微笑迎接。從來不知道他是如此可親，坐在老舊的藤椅裡簡直就是一個鄰居的阿伯。他一直菸不離手，不時發出喟嘆。面對他時，我終於明白他曾經說過的話，身為台灣作家就是一種天譴。他過著清貧的生活，日子也非常平淡。唯一能夠讓他感到樂趣，就是閱讀小說、書寫小說。那時他還未寫出《西拉雅族的末裔》，但是言談之間仍然不斷發出憤懣之氣。身為小學老師，收入極為有限，他一直投入日文著作的翻譯。那時楊青矗有一個致理出版社，在發行書目上也曾經看過葉老翻譯過《大蒜養生法》。這些工作已經溢出他文學的範圍，卻必須耗費時間於創作無關的工作。但是他坐在藤椅上依舊談笑風生，毫不在意他曾經做過的瑣碎翻譯。

我喜歡看他微笑，戴著眼鏡的葉老有時輕輕微笑，有時張口大笑。那種放開的身段，有一種天真氣，卻也帶著一種慈祥。那天早上與他談話將近兩個小時，讓我有一種回到家的感覺。我在聖荷西曾經收到他先後寄來的三本書，《台灣鄉土作家論集》、《作家的條件》、《文學回憶錄》，覺得特別親切。畢竟我在成長時期完全受到現代主義的洗禮，反而忽略了本地作家的文學造詣。如果沒有讀他的書，對於六〇年代、七〇年代的台籍作家必然感到陌生。記得他在什麼地方說過，當時報紙所刊登的作品與評論大部分都偏向外省作家，所以他非常努力把本地作家的陌生名字介紹到文壇。他的工作成績相當微小，卻對後來的年輕讀者帶來非常重要的啟發。我這樣告訴他時，他的神色發亮起來。那是第一次與他會面，讓我的返鄉之行好像完成了一次重要儀式。

第二天起床後，覺得自己的頭髮已經很長，想要去理髮廳修剪一下。我走到廚房去問母親，這附近是不是有理髮店。她告訴我勝利路轉角處就有一間，原來就是在葉石濤家的對面。母親拉住我，要我稍晚再去理髮。我問她為什麼，她的神色稍有遲疑，然後說等一下那位張先生要來家裡拜訪。我非常納悶，問她誰是張先生。父親從臥房走出來說，他是調查局的張先生，每個月都會來家裡問候。聽到這裡時，心裡有一股壓抑不住的怒火。我立刻回答，好，我就在客廳等他來。母親特別提醒我，人家是很有教養的人，你可以好好跟他談話。我便在客廳的沙發坐等，過了十點之後，我聽見樓梯有腳步聲，篤定地走上二樓。他出現時，我才知道是一位年輕人。

母親迎接他，請他與我坐在沙發椅上。這位年輕人很有禮貌，很客氣地說我已經聽說你回來台灣。他神色自若，很禮貌問我一些問題。我先反問他，是哪個學校畢業的？他說，東吳大學經濟系。我立刻回應他，這是非常好的學系，為什麼你會做這樣的工作。這時他的神情似乎有些尷尬，一時不知怎麼回答。父親母親已經躲在隔壁的房間裡，似乎不想面對這樣的場面。這位張先生開始滔滔不絕，表示他非常熟悉我，還特別主動提起，你上個月在舊金山聲援高雄甲仙的錫安山教會。這時內心更加覺得騷動，果然是一位從事特務工作的人。我終於開始大聲說話，我自己所做的事情自己承擔，請你以後不要再來騷擾我的父母。他突然整個沉靜下來，不知道如何回應我。

這位張先生表情似乎出現一些尷尬，只好刻意虛應我。他說，這是特地來拜訪，是想知道陳先生你對我們政府的態度。這時我的脾氣就爆發了，你做情報工作不知道我對政府的態度嗎？今天早上《民眾日報》還刊登我一篇政論，想必你已經讀過了，那裡面的文字就是我的態度。他完全無言以對，整個沉默下來。我跟他說，我自己所寫的任何文字，所發表的任何言論，都願意自己負責。請你以後不要再來麻煩我父母，他們不會比你更熟悉我。我回頭跟他說，沒有時間陪你，我去剪頭髮了。然後我就下樓，把他晾在那裡。

剪完頭髮後回家，父親母親已經坐在客廳等我。他們的神情有些慌張，卻又說不出任何話。母親終於開口說，張先生是很有禮貌的人，每次來都會問候我們的生活。可憐的父親母親，他們一直活在被監視的陰影下，竟反而習以為常。當年要我寫信回家稱讚國民黨，大概也是這位張先生的傑作。想必是他上面的領導人交付給他這個任務，父母居然也誠實轉告我。多少台灣的善良百姓，都曾經受到如此的關切與問候。自己是受害者，卻反而感謝這些權力在握的人。我只能對父母表示歉意，覺得自己帶給他們許多麻煩。活在台灣，他們只能扮演順民的角色。那種處境，我當然非常明白。他們一方面活在恐懼的陰影下，一方面又要非常禮貌地接待情報工作者。在那時刻，我內心也浮起極其複雜的情緒。覺得不應該責備自己的父母，卻又埋怨他們過於軟弱。

在家鄉左營只停留三天，第二天早上就要啟程回到台北。與父母相聚的時間太過短暫，對於左營的人情事物依然還是感到陌生。總希望可以回到母校左營中學，此行卻完全錯過了。整個年少時期，整個青春歲月，都是在這裡度過。跨越青春的儀式，從政治啟蒙到文學啟蒙，都是在這個小小的城池發生。乍起乍滅的感情事件，幻化不定的青澀夢想，也都在這裡發生過。短暫地回到故鄉，彷彿是來探望我的前生。離開左營那年才十八歲，當年出國前夕曾經停留過兩天，那時已經是二十七歲。如今帶著兩個孩子回到故鄉，已經是進入中年的四十二歲。青春是那樣短暫，人生是那樣漫長。如今又要離開故鄉，一時不知如何安頓自己。已經分不清楚到底是我的肉體回來，還是魂魄回來。時間所拉出的距離，讓我可以更加疏離地自我觀照。坐進大哥的車子裡，父親母親站在車外送行。他們的神情帶著一種悲傷，卻又以笑容與兩個孩子說話。多少悔恨，多少不捨，都與我一起驅車北上。從後面的車窗，可以看見父親與母親的身影定定站在那裡。我是太過殘忍的浪子，又再一次把父母棄擲在故鄉。北上時，感覺又是另一個天涯。

二〇一八年八月十六日 政大台文所

天安門事件的陰影下

1

與重大歷史事件擦身而過所產生的火花，總是會炙痛靈魂的什麼地方。停留在台北期間，天安門事件已經爆發，而且每天的電視滿檔，新聞報導滿版，都是與這個事件息息相關。我當然非常明白，中國改革開放之後，資本主義源源不斷侵襲中國內部。那是無法抵擋的全球化浪潮，也是共產主義所最畏懼的。伴隨資本主義而來，絕對也帶來言論自由的嚮往、民主制度的憧憬。台灣就像韓國與菲律賓一樣，開始接受跨國公司的投資，自然而然也使民主自由的理念滲透到海島內部。對於西方歷史稍有認識的話，就非常明白資本主義的誕生，自然而然會為特定的社會孕育一群中產階級，而這個階級正是爭取言論自由、思想自由的重要據點。他們是上班族，是白領階級，是勤奮工作的一群。他們使整個社會往前進步，當然也會注意到自己的權益是否得到伸張。回到故鄉時，眼見台北的高樓天際線，已經完全改變我記憶中的城市景觀。我也可以推想北方的首爾、南方的馬尼拉，也都受到程度不同的改造。對於北京而言，改革開放的決定，確實是相當重大的歷史冒險。

在天安門事件爆發之前，北京的中央電視台在前一年播出蘇曉康所撰稿的《河殤》紀錄片。這部影片，其實是對中國古老的黃土文明展開幽微的批判。所謂黃土文明，其實是一種閉鎖的落後文明。蘇曉康在這部影片的最後，映現出一片藍色大海，等於是暗示藍色海洋的西方文明。這部影片，其實是呼應了當時中國知識界對改革開放的嚮往。與此同時，被監禁許久的中國年輕人，第一次從電視看到西方社會的報導，才發現他們的生活方式是何等開放。用當時流行的名詞來概括，就是和平演變（peaceful evolution）。具體而言，就是指威權體制下的人民，開始懷抱一種政治改革的期待。在啟程回到台北之前，我在加州就已經看到有關六四天安門事件的爆發。那年，美國電視台還是容許在北京天安門前面直播。電視影像所呈現出來的畫面，可以清楚看見那麼大的廣場裡坐滿了青年學生，而且在那裡埋鍋造飯。舉目望去，到處都是小小的帳篷。

坦克車壓過滿地都是學生的廣場，電視也讓我們目睹了。那時我才知道，共產黨是何等殘暴、是何等冷酷。在那之前，趙紫陽還到天安門與學生對話，他苦口婆心希望能勸告學生離開廣場。他大概已經知道上面的決策，不久之後，軍隊即將展開屠殺。永遠無法忘懷夜晚裡學生的尖叫聲，即使身在加州，那殘酷的畫面歷歷在目。我無法忘懷，天安門的城牆上掛著毛澤東畫像，而且也寫著「為人民服務」的毛體書法。共產黨的服務果然真的非常周到，完全不放過廣場上每一個年輕人。我所熟悉的中國近代史，曾經發生過的屠殺，往往都是來自帝國主義。如今以反帝起家的中國共產黨，竟然向世界示範了中國人屠殺中國人。這是非常難忘的記憶，也是我對中國共產黨從來不抱持信任態度的原因。劊子手李鵬自然要負最大的責任，但是鄧小平也無法脫卸他應負的責任。

六四事件發生不久，台灣統派的領導人陳映真，竟然率領一群台灣知識分子到北京，親自向李鵬致敬。這是我與陳映真徹底決裂的最大關鍵，在我內心曾經供奉他是人道主義者，卻從來沒有想到他完全無視屠殺的事實，向劊子手表達最高敬意。一位曾經被稱為人道主義者，而且是台灣牧師的兒子，竟然可以無視整個屠殺的過程，而到達北京握著沾滿鮮血的共產黨領袖雙手。他是我年輕時期的偶像，尤其讀過他所寫的〈我的弟弟康雄〉，被故事中懷抱理想主義的政治信仰者所感動。那時情不自禁也以同樣的題目寫了一首詩，曲折地向陳映真致敬。他只因為堅持反美的立場，只因為對西方資本主義抱持敵意，卻可以完全無視殘酷事件的發生，而與統治者擁抱。天安門事件帶給我幻滅，而陳映真則帶給我更大的幻滅。我終於明白，他小說中所釋放出來的人道主義精神，原來都屬於虛構，小說果然是虛構。他長期以來所完成的小說，《將軍族》、《第一件差事》、《夜行貨車》，只是一枚硬幣的另一面。把硬幣翻過來看，原來人道主義者是可以與屠夫握手言歡。

坐在台北仁愛路咖啡店的窗口，我一直無法釋懷，總是希望能夠把自己所看到的那一幕趕快忘記。炎熱的七月，城市裡渲染著一種窒息的空氣，我簡直找不到任何逃亡的出口。那時才終於明白，年少時期所閱讀過的那些作品，在深夜閣樓上是如何沉浸在陳映真的小說情境。總是覺得在生命裡未曾與他相遇，內心不免浮現一絲悵惘。天安門事件後，我終於完全釋然。那時才深深體會到，相見不如不見。在洛杉磯時曾經與陳映真相見，他曾經對我撂下一句話，「有種的話你就回來台灣」。那時他顯然在指控我，只敢躲在北美洲批判國民黨。如今我終於回到台北，而且繼續撰寫政論批判還未解嚴之前的威權國民黨。我最後未曾與他有任何正式的見面，只是與他錯肩而過。我不免感到惆悵，但不是因為沒有與他見面，而是終於理解統派的殘酷心理結構。

被容許回來台灣一個月，對我是一種凌遲。坐在台北的樓頭，我更加確知後半生不可能容許自己留在海外。這裡才是我的歷史現場，也是我實現夢想的一塊土地。仍然記得返鄉之前，有不少朋友對我說，一定無法忍受台灣的氣候，而且也無法適應台灣的生活方式。他們善意的勸告，我可以理解。我比較無法理解的是，他們每個人都說自己是如何愛台灣，卻選擇在國外定居。那種遙遠的愛，絕對不是我能接受。我寧可選擇與國民黨短兵相接，也選擇接受台灣炙熱陽光的折騰。對台灣的感情，其實沒有什麼祕密可言。凡屬台灣的一切，都必須張開雙手接受。這樣的決心，又必須等待三年才得以實現。

停留在台北之際，我特別與盧修一相約見面。畢竟當年盧修一事件時，我曾經在《美麗島週報》撰寫無數的文字聲援他。一九八五年，台灣同鄉的美南夏令會邀請我參加時，我才與盧修一有第一次的見面。那時他已經假釋出來，而且可以到國外旅行。我從來沒有遇見一位黨外人士，是如此開朗而幽默。我回到台灣時，民主進步黨已經成立，他也加入成為黨員，而且是屬於新潮流系的成員。他約我在仁愛路見面，我到達時，才發現他穿著拖鞋前來迎接。從來沒有遇見過如此開懷的政治運動者，他當年出版《日據時代台灣共產黨史》之初，曾經邀請我為這本書寫序。他被逮捕，完全是因為史明的緣故，他能夠完成這部博士論文，也還是得到史明的協助。我們就站在人行道旁邊聊天，畢竟他有他的行程，我只是前來向他致意。與他談話時，我更加強烈地感覺自己強烈的返鄉意願。在台灣缺席，就不可能有任何發言權。

我必須在場，承受這個海島各種天氣的考驗，也必須承受來自威權體制的任何干涉。那種覺悟，已經是非常明白。在遙遠的北美土地寫下任何文字，其實都太虛構了，太乾淨了，無法擔負任何文字的責任。

2

回到台北後，兩個孩子都居住在岳父岳母家。那是在和平東路的一個巷子裡，屬於公家單位的宿舍。岳父是京都大學礦冶系畢業，似乎小李登輝一屆。他們是否相互認識，一直是我不知道。岳父很少提到他與李登輝的過從，也很少回憶當年他留學時期的狀況。只知道他在那裡與一位京都女子結婚，也就是我後來的岳母。他們對我兩個孩子非常照顧，總是在台北的城市裡一起漫遊。面對他們時，我的內心自然有一定程度的虧欠。他們非常清楚，我是屬於國民黨的黑名單。而他一直是在省政府礦務局工作，在某種程度上，似乎也帶給他一些尷尬。但是與他們相處時，岳父岳母從來不會過問我在海外的生活，也很明白我連累了自己的妻子，也就是他們的女兒。或許從妻子那邊，也獲知我們在海外的生活。我的虧欠並非來自自己的政治信仰，而是我虧待了家人與孩子。終於能夠回到台北，可以感受他們的神情充滿喜悅。

岳母是非常堅強的日本女性，當年在京都時與岳父往來，想必也受到極大的家族壓力。畢竟那個時代，日本人是統治者，台灣人是被統治者，在階級身分上就有很大差異。當年在京都的家族裡，似乎受到一定程度的反對與壓力，但是從來沒有聽她提起戰爭時期的那段記憶。他們的大女兒，也就是我後來的妻，就是在京都出生。直到三歲時，也就是一九五一年，他們才全家返回台北。岳父的家族是經營礦業，這說明了為什麼他到京都大學專攻礦冶。岳父是沉默寡言的人，在家族聚會時很少說話。他也頗知，我是相當不馴的人。覺得他的女兒選擇我是一種冒險，岳母也有一定程度的反對。

岳母具有果決的性格，一旦跟隨丈夫來到台灣，就再也沒有回去探望京都的家族。他們一起回到樹林時，才知道那是一個大家族，她開始勤練台語。最初見到她時，常常可以聽到她的台語發音帶著濃厚的京都腔。長期相處，我終於明白，她是性格非常堅強的女性。一直到一九七〇年代初期，我到達妻子的家裡，她在台灣已經生活二十餘年，仍然操著半生不熟的台語。在內心我深深敬佩她，與他們家人的往來，我一直保持敬謹之心。在海外流亡十五年之後，我才知道他們一直過著小市民的生活。那是公家宿舍，圍牆裡有小小的庭院。夾竹桃的葉子總是漫到圍牆外，在夏日裡，葉影的照映有一種幽靜，給我一種家庭安逸的感覺。

岳父岳母喜歡與兩個孩子對話，一邊夾著英文單字，一邊混合著台語。祖孫兩代的對話，似乎暢通無阻。我的兒子女兒跟著他們學台語，似乎收穫頗多。回想在高雄時，我的父母親也與兩個小孩對話。他們都使用純粹的台語，兒子女兒也在高雄學了很多本土語言，而且也嘗試了高雄的碗粿、粉腸、糯米腸。畢竟是屬於台灣的孩子，對於那些本土口味非常偏愛。來到台北，反而沒有機會嘗到鄉土口味，倒是吃了不少日本料理。隱隱約約他們似乎已經感受到，吃的文化在台灣非常豐富。那時常常會假想，如果他們生活在台灣，大約也與一般孩童那樣，穿著制服、揹著書包去上學。這大概是他們無法想像的，因為他們的書全部都是放在學校。雖然有家庭作業，卻不是抄寫課文，大多是屬於一些勞作。大兒子出生於一九七六年，小女兒是一九七九年。回到台灣時，都已經是十歲的孩子了，已經具有非常獨立的性格。

那段時間，台北還沒有捷運，所以出入都是坐公共汽車，那是他們最喜歡的大玩具。他們第一次見識了各種驚險鏡頭，也嘗到了緊急煞車的滋味。有一次兒子偶然提起，他說台北的交通，比起他們在美國的電動遊樂場（video arcade）還刺激。那是他們後來非常懷念的台北景象，常常在談話中會提起那些難忘的記憶。孩子的印象如此，而我的回鄉感覺則更強烈。當年洛杉磯辦報紙時，總是以各種想像來推測島上的政治氣候。如今終於回到現場，才知道在海外所寫的政論太過乾淨，太不符合政治現實。只要與現場的政治人物互動，只要感受到台灣的空氣與節奏，政論文字就不應該那樣寫。

回到台北時，我還是按照原來的約定那樣，在不同的時段為不同的報紙撰稿。那時已經可以測出言論的尺度到底有多大，尤其我對蔣介石、蔣經國的批判，都可以全文照登，而沒有受到任何的干擾。我深深相信，鄭南榕的犧牲帶來相當程度的衝擊。他生前就一直要追求百分之百的言論自由，而且為這樣的承諾付出生命代價。台灣社會跨過鄭南榕自焚事件後，整個言論版圖又向前開拓了許多。在夜晚台北的一個樓窗，我靜靜寫出壓抑在內心的情緒。甚至有時也會釋出憤怒的語言，仍然固定把自己所寫的專欄完成。那種臨場感，顯然與在海外的書窗撰稿全然兩樣。似乎台北發生的任何事件，在當天晚上就可變成批判文字。而不是等待台灣的報紙寄到，我才從海外寫評論寄回台灣。那種感覺使我更加焦慮，如果繼續留在海外，終究有一天一定會與台灣社會脫節。

如果早日可以完成《謝雪紅評傳》，我一定要回到自己的土地，與島上的空氣一起呼吸，與市內的混亂交通一起共存。那時候《謝雪紅評傳》已經完成三分之二，我開始重建這位女性革命者在文化大革命的際遇。那些史料絕對無法在台灣尋獲，而我從北京、上海所蒐集的資料仍然放在加州。只要能夠完成，留在海外的意義就完全稀釋了。當時《自立晚報》還在發行，報紙的總編輯是林淇瀁，而副刊主編是林文義。他們兩個人都鼓勵我趕快把這本書完成，而且願意連載已經完成的部分。在濟南路的報社與他們見面，總覺得他們的生活非常精采，每天都有新的議題、新的思考在挑戰他們。曾經受邀與他們一起晚餐，而且盡興舉杯。那種熱鬧場面，是我孤獨在海外所未能見識的。

那天晚上的酒興似乎太過高昂，那時不知道飲下多少杯紹興酒。在那次聚餐的夜晚，有多少愁緒、多少悵惘都連酒吞下。已經忘記那時是不是帶著淚水喝酒，只知道在最熱鬧的時刻，內心反而最孤獨。眼看他們開懷暢飲而且高聲歌唱，才終於對照出我在海外的落魄與落寞。回到台灣已經三個星期，才第一次嘗到寂寞的滋味是什麼。而那樣的滋味，竟然在海外陪伴我十餘年。我一直假想，如果在台北，也可能坐在桌角，也參與他們的熱鬧對話。那個晚上，我盡情享受每一個時刻，也仔細品味喝下的每一口酒。

二〇一八年十月十八日 政大台文所

意外的東京之旅

1

身為黑名單的滋味是什麼？這是回到台灣之後才體會的刻骨銘心。總以為自己是自由自在，可以在島上的不同城市旅行。後來回想起來，特務人員的祕密跟蹤其實是無所不在。六月底回到台灣之後，急切地在各個城市訪談二二八事件受難者的後代。回到左營拜見父母之後，曾經在高雄參加《笠》詩刊的年會。在那麼多社員的前面，我與女性詩人陳秀喜相擁而泣，她就是〈美麗島〉那首民歌的作詞者。稍後我又對著《笠》詩刊社員作短短的演講，那樣的文學活動也成為警總的紀錄。離開高雄時，特地前往嘉義拜訪台灣畫家陳澄波的兒子陳重光。

他是嘉義女中的音樂老師，那次拜訪給了我難忘的記憶。

後來為那一場的會面，我完成一篇散文〈望向田野另一端〉。記得他的住宅位在垂楊路，就在嘉義女中對面的一幢公寓。那時我帶著自己的兒子宜謙，一起走進陳老師的住宅。進門後，才發現四周牆壁都懸掛著陳澄波的畫作。縱然年代已經久遠，可以感覺作品上的顏料仍然熠熠發光。陳澄波受害於一九四七年的事件裡，他的作品在相隔四十年之後，還是洋溢著光采。陳老師是一位非常拘謹的人，卻為我敞開豐富的記憶。我與他坐在客廳靜靜對談，陳老師在敘說時，彷彿把我帶回四十年前緊繃的空氣裡。當他說到看見父親的最後一幕，我整個心情都揪起來，突然覺得呼吸非常困難。那可能是我最貼近事件的時刻，尤其透過陳老師的回憶，我完全沉浸在泛黃的歷史記憶裡。

陳重光說，父親曾經在杭州美專任教過，所以會說北京話。當整個事件瀰漫全島之際，嘉義水上機場也落入反抗者的手裡。陳澄波與三位仕紳，一起去國民黨的軍隊說情，希望不要在嘉義市展開大屠殺。未料他們都遭到逮捕，最後還遊街示眾。陳老師講到這裡時，室內的空氣驟然變得非常稀薄。他當時還是一位高中學生，就聽到有人告訴他，父親在軍事卡車上正在遊街。他立刻飛奔出去，終於看到那輛卡車正在前進。他開始狂奔，可以清楚看見父親在卡車上回望。那樣的眼神特別凝重，注視著車後正在奔跑的兒子。那是一次永恆的對望，多少千言萬語也無法描述那樣的時刻。軍車一直往嘉義火車站前進，陳重光終於追趕不上。就要到達火車站前面的廣場，槍聲已經響起。他到達現場時，父親胸前兩個彈孔，血不斷流出來。陳老師含淚說，看見父親的眼睛睜得那麼大，一定是死不瞑目。那是我在訪談事件的過程中，最令我感到膽顫心驚的一場回憶。

陳老師在我面前，輕輕擦拭著淚水，我也跟著掉下眼淚。千言萬語也無法形容那動人心弦的時刻，即使到今天，那個下午的室外陽光，還有那室內窒息的空氣，仍然可以深切感受。就在兩人無言以對的時候，陳老師的母親從室內推著輪椅出來。他的母親問，這位年輕人是誰？陳老師說，他是從國外回來的，特地來訪談父親的事情。這時我立即發覺，陳媽媽開始全身發抖，一直說不要再講了，不要再講了。整個室內一片死寂，更加可以清晰感受混亂的心跳。陳老師站起來，邀我仔細瀏覽陳澄波的畫作。一幅是嘉義車站前的廣場，一幅是阿里山的遠眺。我幾乎可以推想，陳澄波在畫布上塗上顏料時，他對故鄉的感情應該也融入畫中。他應該是屬於印象派，對於光與影的掌握極為精確。他所呈現出來的故鄉風景，濃厚沾染了南台灣的感情。我站在畫前，企圖消化過於激動的情緒，也暗暗把淚水擦拭，卻仍然得不到任何排遣。

那是我最貼近台灣歷史的時刻，這個海島負載了太多冤枉的死，也承擔了過重的歷史記憶。但是時間已經到達一九八九年，卻沒有任何人承擔歷史責任，也沒有人勇於揭發國家機器的黑暗。在陳重光的家裡，讓我感受到記憶的重量使人喘不過氣來。我低聲向陳老師提問，父親遭到槍決的照片有沒有遺留下來？陳老師搖頭嘆息，表示一無所有。必須要跨過一九九〇年代之後，那時我已經回到加州，才聽到陳澄波的妻子，也就是推輪椅出來的那位婦人，在靜靜的夜裡去世。這是後來的故事，因為母親走了，陳老師要把家裡祖先的牌位寫上母親的名字。他把牌位拿下來時，才發現有一張照片，竟然是陳澄波被槍決時所拍攝。這是一位勇敢的母親，聽到丈夫被槍決後，士兵禁止移動屍體。原來那就是統治者的殘酷手法，凡是被槍決者，必須曝屍三天。這位果敢的女性請了一輛牛車到火車站前面，把丈夫的遺體移到牛車的平板上。她請人拍攝丈夫的遺體，然後祕密保留下來，置放在祖先牌位的後面。聽到這個消息時，終於也禁不住掉下眼淚。回台灣一個月的旅行，已經在太多場合掉下眼淚。沒有想到到達加州之後，淚水又持續流下來。

那是我生命中的一次重要洗禮，淚水洗刷了我在海外的委屈，洗刷了我對父母的虧欠，也洗刷了遇見台灣歷史的悲慘。哭了那麼多次，竟然是陳澄波事件沾濕了我的衣袖。陳重光是一位禮貌拘謹的長輩，他所表現出來的謙和，使我在說話時也放低聲音。我無法想像，那位勸止我們重提舊事的母親，在性格上是那樣堅強，不僅載回丈夫的遺體，也為他拍攝下遺容。那可能是二二八事件中最早出土的受害者照片，那影像清楚顯示他胸口的彈孔。那種處決的方式，正好可以顯示行刑士兵的殘忍，以及他們背後權力在握者的冷酷。南台灣的陽光那麼燦爛、那麼透明，卻無法照見歷史最幽暗的地方。那天離開時，只覺得自己的雙腿發軟，覺得自己無法走出那前所未有的震撼。

那殘酷的記憶如影隨形，即使旅行到最遙遠的城市還是無法卸下來。而那是我必須面對的歷史功課，不可能選擇逃避，也不可能輕易擦拭。那是我這個世代與生俱來的胎記，這輩子都要與那傷口共存亡。只有失憶症患者，才可以完全投向遺忘。返回台灣，其實是返回最為不堪的年代。當心靈遭到重重的一擊，就已經完全失去選擇遺忘的權利。那是一場前所未有的生命洗禮，決定了我日後開始追索台灣歷史的蜿蜒軌跡。如果要避免忘卻，就必須勇敢提起筆來，投入龐大的歷史書寫工程。如果要追索自己瘋狂書寫的起點，也許就是在那短短一個月的停留，點燃了我血脈裡的憤怒之火。手無寸鐵的書生，不可能選擇任何報復手段。唯一能夠實踐的，就是讓傷痕累累的歷史留下紀錄。那是一種義無反顧的決心，在我後來的生命裡，再也不要去碰觸任何有關中國歷史的書寫。

2

停留在台灣的簽證，到七月三十一日就截止。在台停留的日期屆滿之前，《自立晚報》即將在八月初舉辦鹽分地帶文學營。當時自立報社的社長吳豐山，特別邀請我到文學營去演講。當時我只好婉拒，因為在台停留的時間無法延長，他建議我到出入境管理局去申請延期。那裡的公務員仔細看我的護照然後不斷搖頭，抬頭對我說：上面已經很清楚記載，必須在七月三十一日離境。在舊金山接受簽證時，其實就是台灣警備總部所下的指示，限制我在台灣停留的時間。從這樣的制度可以推測，文官系統的辦事程序無法改變警總的決定。那位公務員以無辜的神情向我表示：如果要延長停留，就必須到國外加簽，才能再度回到台灣。那時台灣已經解嚴了，但是整個公務機關仍然還是停留在戒嚴時期。那位公務員向我建議，可以到東京或香港的台灣辦事處去加簽。獲准之後，就可以再度回來。

我把我的苦衷告訴吳豐山，他也莫可奈何。他建議我飛到東京，《自立晚報》的兩位編輯林淇瀁與林文義陪伴我同行。離開桃園機場的那一天，心情非常落寞，完全無法理解這個政治體制何至於如此絕情、如此冷酷。全家到達機場時，我的岳母也一起同行，她希望能夠在聖荷西與我們一起度過夏天。到達東京時，全家都投宿在史明的新珍味飯店。而林淇瀁與林文義，則住在池袋附近的旅館。在東京的第二天，三人相約在東京港區的白金台車站見面。我們都抱持非常樂觀的心情，覺得似乎很快就可以拿到簽證。那天到達辦事處的櫃檯時，以為把護照送進去就可以拿到再次返台的簽證。沒有想到，那邊的公務員很禮貌回答我：這些申請文件必須經由外交部的同意，也許第二天或第三天就可以得到答覆。

林淇瀁的筆名是向陽，他的詩風我一直非常偏愛。尤其他那時候的風格，非常富有節奏感。尤其是《四季》那本詩集，以農曆的節氣寫下韻律分明的詩行。那時我常常捧讀，尤其在懷鄉的時候，坐在聖荷西的窗下燈前，讓起落有致的詩行在我胸中迴旋。詩行之間夾帶台語語法，反而讓讀者產生繁複的想像。而林文義所寫的散文，也非常貼近當時的社會現象。尤其是《寂靜的航道》，牽引著我回到正在發生劇烈變化的台灣社會現場。我們三個人站在辦事處前面的人行道，不免有些惆悵。尤其辦事處人員建議我們第二天再來看看，聽到這樣的答覆，不免浮起絕望之情，卻又抱持著些微希望。

漫步走在東京街頭，銀杏樹的綠葉在風中顫動。落在地上的葉子，每一片都像小小的扇子，非常小巧精緻。忍不住俯身拾起幾片，夾在我的筆記本裡。八月的東京似乎可以聞嗅到一點點秋氣，也許不久之後，所有的銀杏葉即將轉成金黃色。望著無邊的行道樹，讓我更加感覺到落魄與落寞。在海外的漂泊歲月，東京一直是我長途旅行中的驛站。那裡容納我太多的失落與失望，每次停留時都升起強烈的身世之感。身為台灣人，總是急切地尋找自己的文化認同與政治認同。整個天地是如此開闊，似乎只有東京容許我自由進出。我與向陽、林文義在附近找到一家咖啡店，店的外面置放著一個燈籠式的招牌，寫著「珈琲（コーヒー）」。走進去時，才發現女性店員都是女僕式的打扮。回到東方，才發現台灣與日本的咖啡特別好喝，因為每一杯都是店員親自沖泡出來。而美國餐廳的咖啡大多是桶裝，那種大鍋式的煮法，味道就特別平淡。

我們坐在店裡，從一塵不染的巨大玻璃窗往外看，才察覺東京街道非常忙碌，每位上班族走路的節奏都特別快，總是六親不認地擦肩而過。那是一個神奇的下午，三個人非常奇異地坐在那裡。我們突然逸出了原來的生活軌道，驟然被置放在一個陌生的城市。在北美洲，我總是在不同的城市旅行，已經習慣各種奇異的城市風景。但是坐在東京的咖啡店裡，卻有一種強烈的陌生。尤其室內抽菸的味道非常濃厚，彷彿是被囚禁在近乎窒息的空間。那是一次絕無僅有的意外人生，縱然三人坐在一起，彼此互相調侃，我內心卻無端湧起無邊的寂寞。

第二天，我們又再度回到東京的台北辦事處。櫃台後的那張面孔立即對我們搖頭，表示還未收到台灣的答覆。就在那時刻，一種無邊的挫折感四面席地而來。我終於深深體會，自己是遭到刻意遺棄的人。三個人又走出那冷酷的建築物，站在街頭感到特別茫然。整排的銀杏樹在風中搖曳，似乎帶著一種嘲弄的意味。驟然之間，突然感受到風中帶著一種冷意，也許不久之後，秋天就要降臨北國。這個巨大的城市，竟然變成我漂泊歲月裡的重要中途站。當年飛往香港時，之後又遠赴仙台前，都是這個巨大城市收留了我。如今在等待再度簽證時，又在這個城市停留。縱然是屬於異鄉，在神祕的時間流動中，卻是我僅有的依靠。

到今天每當憶起在東京的出入，內心還是會浮起一些憤懣。第三天，再度回到台北辦事處。櫃台內的表情似乎帶著一點點嘲弄，卻又無奈回答說：還沒有收到台灣的答覆。就在那個時刻，感到非常絕望。離開台北之前，在前衛出版社所印行的三本書，包括《二二八事件學術論文集》，以及兩本政論《在美麗島的旗幟下》、《在時代分合的路口》都遭到查禁。這是在海外流亡十五年之後，島上統治者所給我的強硬答覆。已經宣布解嚴兩年了，當權者還是不容許我有言論自由。繼之而來的，便是剝奪我的旅行自由。再度回台的簽證終於沒有獲准，我只能對向陽與林文義表達最大的歉意。他們陪伴我穿越這趟不愉快的旅行，想必也感到非常失落吧。他們要飛回台北之前，又一起到另外一家咖啡店。我只能對他們表示，這是我必須付出的代價。在海外撰寫了數十萬字的政論，幾乎每篇文章都是在批判國民黨體制。即使在解嚴之後，我還是無法容忍當權者的傲慢態度。

那是我非常難忘的一個夏天，特別是天安門事件發生之後，我對自己的身分更加覺得敏感。尤其見證陳映真率領一批統派成員，到達北京向李鵬致敬。他們在兩岸之間可以自由出入，顯然國民黨默許了那樣的行為。國民黨終於禁止我再度回到台灣，讓我可以探測出當權者的政治態度。國民黨所表現出來的身段，原來是默許統派可以自由進出。而對於獨派如我者，則是百般刁難、百般干擾。我終於深深體會，回鄉的道路並未從此開啟。只要他們繼續權力在握，我的回鄉願望就不可能順利實現。回想自己在台灣停留的一個月時間，能夠與父母相聚也與舊友相見，那已經是非常奢侈。我的返鄉之行，其實只是要向我的土地證明，過去的政治信仰已經被我全盤推翻，而從前的思維方式也已經被我徹底改造。政治是一時的，而土地是永恆的。離開東京的那一天，內心懷有多少缺憾，隱隱中也帶著一絲憤怒。但是經過島上陽光的曝曬、夏日雨水的沖刷、親情友情的重溫，我強烈感覺到自己已經是不一樣了。回到北美的土地，我決心要強悍活下去。而且還要繼續挺起筆桿，強悍地與島上的政權對峙。那天飛離東京時，我頻頻俯望東京灣的藍色海水，卻無法抑制自己的淚水不斷湧出。

二〇一八年十一月十九日 政大台文所

初訪上海

1

從台北到達東京之旅，帶給我太多的失望與幻滅。身為思想犯的身分，遭到威權體制公然拒絕再入境，確實有無比惆悵。那個海島是我的故鄉，是我成長歲月的根據地，也是我知識啟蒙與政治啟蒙的重要場域。只因為我提筆批判威權體制，就被隔離在台灣土地之外，那是一種毫無人性的手法。在飛回聖荷西的機上，深深感覺島上統治者還是懼怕我批判的文字。離開台灣之前，他們查禁我三本書時，其實已經顯露他們的意圖。他們要求我到東京簽證後再入境，那是一種惡意的刁難。換另一個角度來看，似乎也意味著我所寫的文字頗具殺傷力。

我只能以這樣的思考安慰自己，也鼓勵自己回到聖荷西後，絕對不能放下批判的筆。受到這樣的待遇，讓我更加急迫要完成《謝雪紅評傳》那本書。

一九九〇年六月，我收到從上海寄來的周明信件，告訴我他罹患癌症，可能不久人世。他希望我能夠到達上海與他見面，因為他擁有許多有關謝雪紅的史料，可以當面交給我。收到這封信時內心頗為遲疑，畢竟天安門事件才發生過一年，整個中國境內想必還在風聲鶴唳的情境裡。在內心我深怕錯過與周明的最後見面，經過好幾天的天人交戰，我決定前往上海去探望他。那時北京已經啟動改革開放的政策，卻還是具有相當強烈的恐外症（xenophobia）。特別是經過天安門的血洗事件，對於我這樣的身分恐怕會特別警戒。那時確實帶著一種冒險的心情，畢竟那是屬於謝雪紅的城市，如果要使自己的書寫更具可信度，就不能不勇敢去探訪她的城市。謝雪紅一九二五年第一次到達上海，在那裡她進入了共產黨所創辦的上海大學，並且也認識在那裡任教的瞿秋白。如果沒有瞿秋白的推薦，謝雪紅不可能到達莫斯科的東方大學。為了撥開歷史迷霧，我決心要親自走一趟。

病中的周明不斷寫信，告知他治療肺癌的過程。在飛往上海之前，他又寄來一封信，表示他的手術非常順利，而且已經回家養病。行前我又收到一封信，告知他已經在上海外語學院租好一間學校宿舍，並且也告知他的學校同事會到上海機場接我。那段時期因為有傳真機，所有往來的訊息都非常方便，而且還可以留下紀錄。最後一封傳真，他告訴我下飛機後如何走到出口，並且由長相怎樣的教授來接機。赴機場的當天之前，他又來一封傳真，告知我應該在機場取得證明，可以購買「三大件」。所謂「三大件」，便是冰箱、電視、洗衣機。這是我第一次獲知的規矩，也是中國改革開放後的奇異現象。從國外到達上海的訪客，就有特權購買「三大件」，而且可以贈送給上海居民。

夜晚八點到達上海機場，入境時可以發現那是設備不齊全的建築，尤其燈光非常昏暗。下機的乘客並未按照秩序排隊，顯得非常慌亂。輪到我入境時，海關檢查員反覆翻閱我的美國護照，並且也端詳著我的神情。中國在一九八〇年開始實施改革開放，似乎已經習慣持美國護照的華人面孔。出關之後，我到指定的窗口索取「三大件」證明。終於走出機場大廈時，外面迎接旅客的人群相當擁擠，我一時無法辨識方位。出發前，已經與周明先生講好我穿的外套與西裝褲的顏色，來接機的上海外語大學教授高聲喊著我的名字。循著方向，我走到這位教授面前。他的年紀比我稍大，神情有些滄桑。看到他友善的微笑，忐忑的心終於放下。他向學校借來一部廂型車，看起來有些老舊卻非常結實。我上車後，他熟門熟路朝著上海市疾馳。那時機場與上海市區之間還未有高速公路，經過一段彎曲的顛簸道路，才終於到達平坦的公路。沿路周邊都非常黑暗，偶爾出現了昏黃的燈光，想必那就是農村地區。

進入市區後，才發現整個城市的燈光也是相當黯淡，與現在上海市的燈火通明完全不可同日而語。驅車的張教授手握駕駛盤，轉頭跟我解釋因為用電量不夠，有些地區必須省電，有些地區則必須讓電。這是我第一次聽到讓電這個名詞。他又解釋，生產的工廠需要大量用電，所以許多住宅區必須把電力讓給他們。車子終於到達外語大學的宿舍時，整棟建築一片漆黑。張教授又說，房間是在三樓，因為沒有電梯，所以必須提著行李走上樓梯。幸好那時沒有攜帶過重的行李，我與張教授在黯淡的光影裡慢慢走到三樓。他先打開走廊的燈，然後開啟房門。我才發現空間很大，但是裡面三張上下鋪的床，原來那是學生宿舍。進門後，我先檢查一下衛浴設備，內心告訴自己可以接受。安頓好之後，張教授說這裡不提供餐點，明天早上我再來接你。

室內的燈光非常昏黃只有一盞燈，甚至浴室也沒有燈。眼睛適應室內的光線後，我看見自己靠窗的床，以及床上的白色棉被。接近晚上十一點時，探頭環視附近的街道，才發現只有幾盞黯淡的路燈。這是中國人口最密集的城市，夜景看來卻有些淒涼。再往前面望去，才發現許多舊屋已經拆掉，準備蓋出新的樓房。那是改革開放政策宣布後的第九年，這個巨大城市正要開始翻新。整個城市是那樣安靜，聽不到任何車聲，也沒有任何喧譁。也許太疲倦了，躺在床上立刻睡著。那是我到達上海的第一個夜晚，印象特別深刻。第二天早上六點就已經醒來，環顧室內的一切，才知道這是一棟相當沒落的樓房。牆上白漆脫落許多，設備非常簡陋，在台灣的大學校園裡恐怕很難發現。想到未來幾天行程相當緊湊，便立刻起床推窗，更加可以看見整座城市的蒼老。靠近黃浦江那邊已經矗立著幾棟高樓，看來是何等華麗、何等新穎。

七點半左右，周明的朋友是一對醫生夫妻，他們特地來接我，因為他們要購買三大件中的彩色電視。我與醫生坐在前座，他開車相當優雅。似乎繞了半個城市之後，我們到達購買外國商品的機構。從外面看，那似乎是相當尋常的屋瓦平房。外面有一道圍牆隔離著，從停車場走到門口時，有兩名衛兵在站崗。他們看到我時，第一句話就問：「是哪個單位？」在停留的往後幾天，幾乎每到一個地方都是這樣提問。似乎每個人都必須屬於一個單位，縱然已經實施改革開放，每個人出生之後必然屬於一個單位。這些單位照顧每個人的一生，從出生到死亡，中間經過就學就業完全都是由國家安排。甚至婚姻也必須經過黨的同意，而且要先調查每個人的成分。到達上海時，這樣的制度隨著改革開放而逐漸鬆綁。由於被管理控制許久，一旦政府不再掌控個人的生老病死，有些人還會感到恐慌，覺得自己的前途完全被剝奪了。

在上海的第一個早上，完全都耗在那個商店。醫生夫婦要買一架日本製造的彩色電視，那些商品都擺放在前面。他們經過反覆商量之後，決定購買 SONY 的電視。決定之後他們必須填單子，連同我入境索取的三大件同意書，便排在長長的隊伍後面等待核查。大約經過一個小時，同意書送出來，我們又排到對面的另一排付款的櫃台。全部有五個窗口，我以為在任何一個窗口繳費就可以。沒有想到，第一個窗口檢查所有證件與護照，然後又把單子交給第二個窗口。每移動一次，又重新排隊。第二個窗口蓋章後，又交給第三個窗口。到第四個窗口時才正式繳費，蓋完章又交給第五個窗口。終於繳費完畢之後，以為可以取得彩色電視了，沒有想到醫生說，憑這個證件就可以到另一個單位取貨。醫生不辭辛勞，又驅車到另外一個單位取貨。再次經過反覆的檢查，終於購得日本製的彩色電視。我看見醫生夫婦充滿了微笑，兩個人都握著我的手不斷稱謝。

2

所謂改革開放，其實沒有那麼開放。一種看不見的體制，就像上海的空氣那樣濃得化不開。所謂開放是容許外資進來，個人的行動與思想完全容不得開放。望著窗外老舊的街景，內心不免浮起淡淡的悲哀。人的價值是如此卑微，這使我聯想到戒嚴時期的台灣人。看不見的監視無所不在，看得見的權力控制隨處可現。那是一九九〇年七月的上海，醫生夫婦把我送到周明的住宅。上次與周明的見面，是在一九八七年的聖荷西。醫生夫婦送我到達那裡就驅車回家，那也是另一座非常老舊的建築。我走上樓梯敲門，來迎接我的是周明的兒子，他的名字叫周程驊。他看見我立刻迎我進門，顯然他已經看過我的照片。他說父親到醫院複診，中午就會回來一起午餐。我坐在格局有限的室內，除了沙發椅與咖啡矮桌，整個空間塞滿了東西。他的兒子說：「上海的房子很緊張。」這是我第一次聽到的說法，所謂緊張，其實是很難找到房子。

又過不久，周明從醫院回來。他進門時充滿微笑，但是整個神情頗有疲態。他兩週前因為肺癌開刀，正在康復中。他似乎把我當作家人，在我面前毫不在意脫掉汗衫。我才驚見他胸前劃出一條長長的手術疤痕，讓我看來相當震動。周明是一位老菸槍，四十餘年來都是依靠抽菸度過每一天。他與我坐在一起，才慢慢告訴我家裡的故事。他說：「我這個兒子在文革時被下放到內蒙古，在那裡吃盡了苦頭。」那種勞動改造，其實是非常不人道的。周明說話時帶著憤懣：「台灣人是在亞熱帶生活的，我的兒子當然也帶著亞熱帶的體質。內蒙古是那樣寒冷，怎麼受得了冬季的寒天。在下放期間他受到欺負排擠，心靈遭到創傷，所以精神狀態似乎有些失常。」我終於明白，周明的兒子說話舉止顯然有點不一樣，但是在生活中卻非常照顧自己的父親。文革後周明的妻子去世，完全依靠他一個人扶養長大。

中午時，我與他們父子一起午餐。周程驊端來一盤炒青蛙，我發現蛙腿還帶著血跡。他們父子吃得津津有味，我完全不敢動箸。那天午餐我只選擇兩盤青菜下飯，但內心卻覺得好溫暖。周明邀請我參加他們的家庭生活，顯然也是把我當作親人看待。飯後他才跟我提起：「你到達上海之前，陳映真已經寫一封傳真給上海的台胞聯誼會。」他從口袋裡拿出影印的傳真給我看，那確實是陳映真的筆跡。在字裡行間特別強調，陳芳明是「海外台獨大將」，他希望台聯會阻止周明的書稿交給我。看到那封影印的傳真，內心有無比惆悵，也滲出淡淡的悲哀。這位我年少時期尊為太陽神一般的小說家，竟然淪落到一至於此。我所有的文字與言論，從來都是以公開的形式發表，而且都一定押上我的名字，每一字每一句我都願意負責。毋需陳映真的密告，中國對台工作單位應該對我所有的行動瞭若指掌。坐在上海的城市裡，我內心未有絲毫的恐懼。畢竟我從來不是為任何單位工作，而只是為了追求謝雪紅的歷史蹤跡。

上海對謝雪紅的生命具有相當重大的意義。一九二七年從莫斯科回來後，她與她的情人林木順又一起回到上海，兩人終於在一九二八年正式成立台灣共產黨。一九五〇年以後，她所建立的台灣民主自治同盟總部，也是駐紮在這個城市。周明在第二天抱著病軀，引導我去看謝雪紅的台灣民主自治同盟辦公室的大樓。那是一棟非常老舊的建築，我們只能站在遠遠的地方望著那歷史遺跡。稍後，又引導我去拜訪上海的台胞聯誼會。那棟建築原來是屬於基督教青年會，我驟然想起當年魯迅在上海所舉辦的木刻展，就是在這個建築裡。歷史原來並沒有想像中那麼遙遠，在海外閱讀魯迅全集的某些場景，竟然都出現在我眼前。一九二七年是近代史的關鍵年代，那年蔣介石北伐成功，並且在上海開始展開清黨的工作。那是國共的第一次合作，依照中國共產黨的解釋，蔣介石為了奪取北伐成功的革命果實，終於決定與共產黨劃清界線。從莫斯科回來的謝雪紅，在上海街頭親眼看見國民黨特務公開處決人犯。魯迅在〈為了忘卻的紀念〉的散文裡紀念左聯五烈士，便是記錄他的弟子遭到逮捕也遭到槍決，卻不知道他們的遺體下落。

在台胞聯誼會樓上見到當時的郭會長，他的舉止溫文爾雅，態度非常親切。他底下的工作人員都自稱是來自台灣，卻無法說任何台語。他們都是在中國出生的第二代、第三代，是相當稀有的台籍人士。他們所代表的政治意義，就是讓北京可以對台灣宣示主權。如果沒有台胞會的存在，等於是暗示台灣已經分離出去。那樣的身分，就像當年盤踞台灣立法院國民大會的外省籍代表。他們的存在，意味著國民黨還有效統治中國大陸。坐在上海的辦公室裡，覺得兩岸的統治者都非常幼稚。只要保持名分，就等於擁有主權。

午餐前，工作人員突然拿出我在台灣出版的散文集與政論集，希望我簽名留念。我感到非常訝異，在那個年代竟然那麼完整擁有我的著作。我好奇提問，你們如何購得這些書籍？沒有想到他們回答，這些書都是陳映真贈送給他們。我才終於明白，陳映真舉報我是海外台獨大將，就是以這些政論作為證據。我之所以感到非常惆悵，便是在上海發現這位台灣的統派領袖，跨過海峽之後卻淪落成為告密者。在我書的扉頁，我只寫下兩個句子：「堅守社會主義立場，堅守中國人民立場。」坐在會議廳的辦公桌前，看著自己的字跡似乎有一種嘲弄的意味。在我內心，中國共產黨早就偏離社會主義立場，而且也偏離了中國人民的立場。

我對於那座建築的好奇，更勝過對台胞聯誼會的好奇。我請工作人員帶我到樓下的廳堂，因為魯迅舉辦木刻展時曾經在那裡多次出入。那是一種無法定義的感情，在海外反覆閱讀《魯迅全集》，隱約中總覺得特別接近魯迅的靈魂。樓下的廳堂其實空無一物，可能有些時候也會舉行不同的展覽。在空曠的室內徘徊時，似乎覺得自己更靠近一九三〇年代。迢迢千里飛行到上海，為的是尋找謝雪紅的蹤跡。卻在冥冥之間，與魯迅的記憶奇妙地相遇。尾崎秀樹所寫的回憶錄《上海一九三〇年》，特別提到他的哥哥尾崎秀實到達上海港口時，內心特別興奮。他在書中點出，尾崎秀實在內心呼喊：「這是魯迅的上海。」那樣的呼喊，其實也是我內心的聲音。在尋訪謝雪紅之餘，我也要去尋找魯迅。

二〇一八年十二月十八日 政大台文所

在魯迅墓前

1

在上海外語學院的宿舍停留三天之後，我便搬到當時剛剛開幕的遠洋賓館。那裡的設備相當豪華，顯然是為了配合改革開放之後的觀光業。那座相當現代化的建築，與四周的平房對照之下，顯得相當突兀。搬進去之後，因為有冷氣的緣故，晚上就睡得比較安穩。那時候還沒有網路也沒有手機，無法讓住在美國的家人知道我的情況。如果要打越洋電話，竟然還要提出申請，而且收費相當昂貴，甚至接線員也可以竊聽。停留在上海期間，我才知道台灣社會是多麼進步。那時國民黨還是統治者，但是台北的報紙電視都已經開放了。那種可以自由呼吸的空氣，顯然在上海完全嗅聞不到。縱然是觀光飯店，卻不提供任何報紙。如果要閱讀新聞的話，就必須坐在大廳，而且也只有《人民日報》而已。那是訊息相當封閉的社會，無從知道中國以外地區到底發生了什麼。

那天早上一位台灣人前來接我，當時已經六十歲的這位台灣人，也是二二八事件之後逃亡到中國。他已經更改姓名，我不便問他原來的名字是什麼，只知道當年他也是參加二二八事件起義的年輕人。他帶我到虹口的魯迅故居，這裡應該是我前來上海的主要目的之一。魯迅生前住在這個地方，是從一九三三年開始定居。最初是由內山書店的日本老闆內山完造為他租下來，從住處到書店走路大約十分鐘。帶著近乎激動的心情到達門口時，看見左牆上有一塊鏤刻金字的魯迅故居字樣，那是由「上海市文物保護單位」特別訂製，而且是從一九五九年正式掛牌。右邊牆上則釘著一塊木板的魯迅故居綠色字樣。我站在門前有些遲疑，總覺得這似乎是不可能實現的夢想。想到自己常常在聖荷西的夜裡，總是那樣認真捧讀著《魯迅全集》，總是懷著一種心願，希望能夠到達上海拜見他。

進入前院之後，我抬頭看著樓層的牆壁顏色。陽光下的紅色磚塊井然有序，層層相間。想必是因為整修過，看來特別乾淨。站在魯迅故居的門庭前面，我一直在消化不安與興奮的情緒。這是我生命裡最貼近魯迅的時刻，有多少聖荷西的夜晚在捧讀他的文字之際，不免會在內心與他對話。所以到達他的庭前，有一種如幻似夢的感覺，那麼不可靠也不可信。進入屋內，右手邊就有石梯通往二樓。整個一九三〇年代他寫了多少批判的戰鬥文字，其中夾帶著嘲弄、譏刺、憤怒、失望的各種情緒。他的脾氣與一般人沒有兩樣，但是那種強悍的氣勢，則完全屬於他個人。魯迅所開創的雜文文體，使中國新文學運動又向前推進了一步。中國的文學傳統始終強調溫柔敦厚，千年累積下來之後，後人都誤以為所謂的抒情傳統就是要以美文或情詩來表達。魯迅開啟一個面向，便是以散文形式把他內心的憤怒完全展現出來。他所開創的雜文形式，不僅顛覆了抒情傳統的感受，也顛覆了我手寫我口的脾性。

魯迅故居其實就是這位文學巨人的祕密基地，也是他批判實踐的精神堡壘。跨進正門時，室內稍微有些陰暗，一時還辨識不清裡面的擺設。上海的七月陽光特別豔熾，室外室內的明暗對比太過強烈。站在門口停足幾分鐘之後，才看清楚牆上有一幅油畫。不知道是誰的作品，也許是成為紀念館後的裝飾。走上二樓時，魯迅的工作場所就在這裡。有多少漆黑的晚上，魯迅坐在桌前燈下。有時是徹夜不眠，只為了讓積壓在內心的憤怒情緒抒發出來。他的書桌靠向窗口，望出去便是屋後。在樓梯旁散置著幾口木箱，想必當年魯迅的許多雜物都是這樣存放。站在室內，我無法壓抑內心的激動。這是我貼近這位文學巨人的時刻，在他的文字裡，我已經神遊上海千百次。只有這一次，才正式到達歷史現場。

許多複雜心情都在魯迅故居交錯在一起，一方面我憑弔著魯迅的魂魄，一方面又為這位未曾謀面的台灣人悲嘆。後來才知道他也被下放到黑龍江勞改過，吃盡這輩子未曾嘗過的苦痛。魯迅面對著黑暗的中國，而解放後來到中國的台灣人也面對著黑暗的中國。已經改朝換代，而且中國已經被解放四十年，亞細亞大陸的百姓靈魂卻還未解放。尤其六四事件才發生過一年，可以感覺到空氣裡還瀰漫著一片緊張。我可以強烈感覺，陪伴我的這位台灣人對於自己的語言非常謹慎。走在路上時，我不會主動提問，而是由他自己說出來。畢竟台灣人在中國的處境，曾經受到強烈懷疑。尤其在文革期間，許多台灣人都背負著「海外關係」的罪名。那樣的罪名顯然是與生俱來的原罪，可以想像如果有一天台灣不幸遭到中國的解放，那樣的罪名恐怕更深一層。

停留在魯迅故居的二樓將近三十分鐘，那邊的管理員要求我們不能逗留太久，因為還有其他的觀光者要到來。帶著些許惆悵，我依依不捨下樓，也帶著定義不明的心情離開。陪伴的台灣人與我走在山陰路上，他說，我帶你去看過去內山書店的舊址。這個書店是魯迅常常來造訪的地方，畢竟他需要大量閱讀日文書籍。而書店主人內山完造，已經是他去世前的摯友。魯迅的盛名使當時許多日本知識分子尤其景仰，畢竟這位新文學運動的巨擘，是日本大學教育制度所培養出來。上海的豔陽實在太過熾熱，走到書店的舊址時，內衣都整個濕透了。

內山書店都已經不復存在，而改為一家銀行，只能站在屋外流連徘徊。整個建築的格局沒有改變，卻不再是原來的記憶了。如果沒有內山完造的陪伴，魯迅的晚年恐怕更加寂寞。他生前製造了太多敵人，與他往來的可靠友人其實不多。也正因為他沒有友情的羈絆，他反而能夠義無反顧繼續戰鬥下去。

我非常感激這位台灣人的陪伴，他如此相信我，主要是他知道我正在撰寫《謝雪紅評傳》。他說，只要能夠對我的書寫有任何幫助，任何事情他都可以效勞。他大概很久沒有遇到來自台灣的年輕人，那時我才跨過中年，整個身心都處在最佳狀態。他說的每一句話我都記得，完全沒有留下任何筆記，因為擔心受到檢查時會留下證據。我總是用心傾聽，而且牢牢記得。必須離境之後，我才在飛機上寫下最深刻的記憶。與他走在一起，我幾乎可以感受到他釋放出來的誠摯情感。縱然不是對我掏心掏肺，但我可以感覺他把我當作久已未見的同鄉看待。他對台灣社會發生的狀況抱持高度好奇，特別問我解嚴後最大的改變是什麼。我說，解嚴前是國民黨一黨獨大，解嚴後就有兩個政黨同時存在。從前沒有言論自由、旅行自由、思想自由、結社自由，解嚴後全部都開放了。他仔細傾聽，可以看出那是一種羨慕的表情。我可以感覺，他對故鄉台灣充滿了好奇。我在海外流亡那麼久，可以體會那種思鄉的煎熬。何況他離開台灣已經超過四十年，顯然不是以煎熬一詞就能概括。

2

午餐後，他帶我走到魯迅墓園。因為都是步行，對於附近的環境反而特別熟悉。進入魯迅墓園時，一片綠色草地在眼前展開。那樣翠綠的環境，完全是由人工製造出來。這大概也只有魯迅可以得到這樣的待遇。在文化大革命期間，有多少文人被迫自殺，又有多少政治領導人遭到鞭屍。尤其是中國共產黨第一位領導者瞿秋白，甚至還遭到挖墳批判。只因為瞿秋白在一九三六年遭到國民黨逮捕之後，他留下一篇遺書〈多餘的話〉。瞿秋白是一位文人，最後投入了共產黨運動。最有名的〈國際歌〉便是由他從俄語翻譯成中文，他的遺書帶著強烈的情感，甚至對於自己之投入政治運動，帶著相當感性的後悔。當年他逃亡時，還曾經投宿在魯迅的家。魯迅也曾經把瞿秋白的文字夾帶在他的文集裡，便是為了傳播他的思想。瞿秋白的文采似乎與魯迅不相上下，只是他最後選擇的革命道路，使中國文壇失去一位可貴的文人。

那是一個相當肅穆的園區，一座莊嚴的雕像坐在巨大的基座上，上面鏤刻著魯迅的生卒年，一八八一至一九三六。雕像背後矗立著一排莊嚴的牆壁，上面寫著「魯迅先生之墓」。站在墓前，我靜靜默哀，也在內心向魯迅自我介紹。飛行了千里，跨過多少海洋與山脈，我終於來到這位巨人的前面。當年他去世的消息傳出時舉國哀痛，當時由蔡元培與宋慶齡召集編輯《魯迅全集》。從歷史觀點來看，魯迅的去世是一個事件，《魯迅全集》的完成也是一個事件。從來沒有一位新文學運動的文人，可以獲得如此隆重的待遇。也從來沒有一位文學家像他那樣，受到中國共產黨的肯定。魯迅被共產黨尊崇為「最偉大的文學家、最偉大的思想家、最偉大的革命家」，其實是一個悲劇。魯迅生前曾經說過，一個偉人去世後，就變成了傀儡。他的預言相當精確，也相當反諷。

陪伴我的朋友，要我站在魯迅墓前，他為我拍照。那是我難以忘懷的時刻。我想到來上海赴約之前，另外一位佩服魯迅的台灣作家陳映真竟然有密告之舉，那是我生命裡所遭遇的最大反諷。生命裡有太多無法解釋的遭遇，又有太多難以卸下的負擔。魯迅在他去世前的晚年曾經說過，對於他所有的論敵，「一個也不饒恕」。他所表現出來的強悍態度，顯然是我無法能夠比擬。帶著那麼多的痛與恨，一起與他埋在墓園，難道會睡得安心嗎？這是我不知道的。我自己的人生態度，總是傾向於選擇和解或選擇放下。於我而言，在三十歲以後便開始投入政論的撰寫，也投入文學評論的書寫。在漫長的過程中，自然而然在無意之間製造許多敵人。但我不會覺得難過，畢竟發表那麼多的言論與文字，都是屬於公共領域。我非常厭惡造謠，也不喜歡傳播流言。自己發出的許多意見，我都願意負起責任，絕不逃避。

在熾熱的七月陽光下，我貼近望著墓碑上的魯迅塑像。總覺得他的生命好苦，終其一生都在戰鬥。在情感上也許我距離魯迅比較近，我也不是那種五湖四海的人，不輕易交朋友，也不輕易製造敵人。他在晚年為胡風所說的每一句話，到今天還是令我相當難忘。在我的認知裡，胡風恐怕是魯迅的關門弟子。在文學脾性上，胡風是非常貼近魯迅的文學精神。中國解放後，胡風堅決反對毛澤東的〈在延安文藝座談講話〉，因為這是黨性文學的最高指導。胡風堅持站在魯迅這一邊，認為文學不是發揮黨性，而在於散發人性。他那種勇敢對抗的姿態，似乎可以看見魯迅的魂魄。胡風的下場非常悽慘，一九五五年遭到逮捕。胡風坐牢十年之後，才被正式判刑十四年。一九六六年文革爆發之後，又遭到重判為無期徒刑。如果魯迅還活在人間，他的命運恐怕比胡風還悲慘。

仰望著他的墓碑，讓我想起魯迅說過的話：「一個偉人死去後，就變成了傀儡。」他的預言果然成真，毛澤東把他供奉在神壇上，任由共產黨解釋他、扭曲他、支配他。如果魯迅在一九三六年之後還活著，他的地位會不會像今天如此之高？畢竟他生前往來的朋友有太多是日本人。一九三七年日本侵略中國之後，有太多人都淪為漢奸。他的弟弟周作人留守在北京，終於在一九四〇年被邀請出來工作，擔任汪精衛政權的華北政務委員。一九四五年日本投降時，周作人立即遭到蔣介石的逮捕。中國共產黨在一九四九年革命成功後，周作人又繼續被判刑。他在晚年寫了一首詩，特別提到「壽則多辱」。魯迅在中日戰爭爆發前去世，從此避開了人間的諸多紛擾，也避開了忠奸之辨，正好應驗前人所說的「千古艱難唯一死」。

飛行了萬里路，終於來到魯迅的墓前。冥冥中命運做了巧妙的安排，終於在魯迅墓前為他憑弔。最初只是為了探望撰寫謝雪紅生命故事的周明先生，卻因緣巧合被引領到魯迅故居與魯迅墓園。在我漫長曲折的心路歷程，這次上海之旅幾乎可以視為我生命中的重要事件。在七月的豔陽下，內心的情緒暗自激盪著。我頗自知這將是生命裡唯一的上海之行，而且也是僅有的機會與魯迅靈魂相遇。那天在墓園裡徘徊許久，陪伴我前來的那位台灣人似乎帶著一種困惑的表情。他似乎並不覺得這個墓園值得如此眷戀，也不覺得魯迅對他的生命有任何意義。他坐在樹蔭下等我，顯然有許多話想要交談。

離開墓園後，他送我回到旅館。他離開前又回頭提醒我，晚上將與一位朋友再來探望。那天晚餐後大約八點左右，他與另外一位女士前來敲門。我請他們坐在椅子上，自己則坐在床上。原來他們都是曾經與謝雪紅共事過，希望把他們所知道的事實與記憶告訴我。那時我所寫的《謝雪紅評傳》已經到達文化大革命階段，卻苦無第一手資料。縱然是第一次見面，他們都對我非常親切，彷彿是看待親人那般。女士的容顏應該是在六十五歲上下，她的神情尤其友善。那天晚上她總是慈眉善目看著我，隱約之間又帶著感激之情。他們的歷史早就被淹沒，甚至從官方文件中也被掃除淨盡，似乎期待我在勾勒謝雪紅歷史形象的過程中，又可以讓他們曾經穿越的飛揚年代重新浮現。

引導我前往魯迅墓園的那位男性，也一樣帶著友善的神情，在那個晚上的談話過程中，一直期待我能夠寫出更鮮明的謝雪紅形象。並且也坦白告知，謝雪紅生前所經歷的三次政治鬥爭，他們也無法倖免。也就是一九五二年的整風運動、一九五八年的反右運動、一九六六年的文化大革命。他們完全沒有缺席，也跟著謝雪紅一起受到批鬥。那位男士終於從口袋拿出一張照片，原來那是謝雪紅在文化大革命期間所受的群眾批鬥。我看見照片裡的謝雪紅，被兩位男性抓住雙手往後拉。這種批鬥的方式，他們稱之為「坐飛機」。那個晚上兩位訪客都含著眼淚，再次描述謝雪紅當時所遭受的羞辱。尤其她的頸項掛著一個紙牌，上面寫著「大右派謝雪紅」。他們又轉述說，在被批鬥的過程中，兩位男性高聲喊出「永不低頭的謝雪紅終於低頭了」。面對他們的激動神情，我的眼眶也滲出淚水。那是我永遠無法忘懷的上海之旅，也無法忘懷那個晚上的共同悲傷。那是我停留在這個大城市的最後一夜，那天所遺留下來的情緒與情境，到今天還是久久不能散去。

二〇一九年一月十四日 政大台文所

寒山寺之行

1

旅行到上海，從來不是人生中規畫好的行程。彷彿是人生的岔路，驟然從日常生活常軌中偏離了。但是也必須經過這樣的千里跋涉，才使我更明白歷史發展的道路是何等彎曲。無論是幸或不幸，畢竟讓我看見了生命裡不該看見的世界。在那段相當短暫的停留過程中，我才知道有些人是可以這樣活下去。即使人性受到踐踏，甚至生命是那樣毫無重量可言，我終於看見有那麼多人是如此頑強活下去。在那個城市裡，也讓我窺見人的生存是何等卑微。在上海街頭似乎每一天都有一群人在吵架，而且還有更多的旁觀者圍繞。他們罵人有罵人的姿態，甚至遣詞用字是那樣講究。那樣的圍觀往往都發生在街口，每個人都牽著一輛腳踏車，使原來已經非常熱鬧的街道更加吵雜混亂。無論是兩人或三人吵成一團之際，旁觀者總是加碼喝采。那是非常赤裸裸的人性，完全看不到有任何人願意出面解圍。總是火上加火，久久無法散去。

停留在上海的最後第二天，我的醫生朋友帶我去書店買書。他引導我到一個非常巨大的建築，外面牆上掛著一個「文明商店」的牌子。我回頭問醫生，什麼是「文明商店」？他說就是服務比較周到，態度比較禮貌的商店。這也是我第一次發現，文明兩個字在中國的使用方式。進去之後才發現，中國所有的重要出版社都展示出最新的書籍。包括北京的三聯、人民出版社，也有重慶的人民出版社。無論書店的名稱是如何不同，但全部都是由中國共產黨在背後支持。縱然已經開始改革開放，但幾乎每本書的開頭，都會強調馬克思主義與毛澤東思想。他們的書架都是在玻璃櫃後，前面坐著一位店員在照顧。我們走到面前時，那位店員完全都不抬頭。我後來看到書架上有一本魯迅研究，就麻煩那位女性服務員取下來給我看。她抬起頭來只說了一句話：「如果你要買，就不用看。如果你不買，看了也沒有用。」我愣在那裡，一時還搞不清楚她說話的邏輯。

這是我在上海第一次領教文明的滋味，那也是最後一次。我與醫生意興闌珊走出那個大樓，急著趕去宋慶齡紀念館。到達那裡時，是早上十點半。售票口有一個開放時間的牌子，上面寫著「早上八點至十二點，下午兩點至五點」。我們覺得時間很從容，就買好門票進去。那座紀念館就是從前宋氏三姊妹居住過的地方，一九四九年之後宋慶齡留在中國，她似乎都是一直在這邊起居。很少看見有如此寬大的生活空間，牆上有宋氏家族的照片。我們準備要走上二樓，服務員驟然在後面呼叫：「看快一點，我們十一點半就要休息。」我非常訝異，因為手錶告訴我時間是十一點。為什麼可以對買票的觀賞者如此呼喊，醫生完全不會訝異，他說：「公家單位都是如此。他們提早吃午餐，然後還要睡午覺。我們不能耽誤他們的時間。」這也是讓我非常訝異的一種文明，由於長期被迫流亡於海外，已經非常習慣美國社會的生活方式與價值觀念。至少在公共領域的服務，絕對是尊重來訪者。我竟然在宋慶齡紀念館領教了這樣的服務態度，那是我心情惡劣的時刻，簡直無法自遣。臨走時，我在門口的書店購買幾冊有關宋慶齡的研究，便匆匆離去。

醫生邀請我到他的住處午餐，那是一個窄巷裡的住宅區。上海人口似乎已經到了飽滿狀態，所有住宅空間都被壓縮了。醫生的家在二樓，兩個臥房一大一小，再加上一個格局有限的客廳。走進去時，就看見那架電視機端然坐在那裡。醫生太太正在廚房忙著炒菜，盥洗台旁邊有一小小空間以塑膠布隔離，醫生說那是他們的浴室。上面吊著一個澆花壺，當作洗澡時的蓮蓬頭。醫生邀請我與他坐在一起，他打開電視，影像模糊。他又站起來調整電視上的天線，最後出現較為清晰的影像。他說：「在這個住宅區，我們是第一個有電視的家庭。」然後他又領著我去看女兒的房間，空間非常狹小，卻擺了一張上下鋪的床位。醫生說女兒已經長大，下面的床位已經不能容下。他在上鋪的牆壁打了一個洞，牆外附加一個木箱。他的女兒睡覺時，腳可以伸到那個空間。我終於體會，上海人口之擁擠，已經超出想像。

餐後我們坐著聊天，醫生夫婦一直感謝我讓他們終於擁有一架電視。離開前我想用他們的洗手間，醫生帶我到他們的臥房。我訝然發現那是一個木製的尿桶，內心感到非常震撼。已經進入九〇年代的上海大都會，整個衛生設備還停留在前現代。在那時刻，我終於明白台灣所受的日本殖民統治。在那時代，島上住民就被迫學習現代的時間觀念與衛生觀念。曾經被形容為瘴癘之地的台灣，從一九〇〇年就開始學習衛生習慣。總督府規定台灣人的家庭都必須設立廁所，那是島上社會開始進入現代化的時期。那是被殖民統治者所規訓出來，而那樣的規訓使台灣人開始習慣現代化生活。醫生看到我的窘態，一時不知如何置詞。他很好奇提問：「台灣人每個家庭都有廁所嗎？」我點頭稱是，他才恍然大悟，終於說：「原來我們的生活方式完全不一樣。」

那天下午醫生夫婦引導我走到從前的法租界，其中最熱鬧的那條街是淮海路，從前稱之為霞飛路。那是我所看到最為繁華的景象，人行道上都種植著巨大的梧桐。滿地的闊葉在樹蔭下充滿了詩意，點點陽光穿過枝幹投射下來。一時讓我錯覺，自己走在舊金山的某個街頭。當年謝雪紅在一九二八年成立台灣共產黨時，便是選擇在法租界，正好可以躲避日租界的警察。旅行到那麼遙遠的上海，其實都在尋找自己內心深處的某些歷史想像。如果沒有官方的無形控制或監視，這個城市其實有它相當悠閒的一面。當年台灣早期的知識分子在這個城市出入時，想必有他們各自的理想或嚮往吧。早年的張深切、劉吶鷗都在他們的作品裡，留下上海最迷人的一面。從極右派的現代主義，到極左派的共產主義，都曾經使台灣知識分子受到徹底的洗禮。

在上海的短暫停留，彷彿在我靈魂深處帶來巨大波動。我所尋找的謝雪紅，我所仰慕的魯迅，彷彿在街頭的什麼地方與他們錯肩而過。我第一次強烈感受到，什麼是歷史的交會。浮光掠影的造訪，並不可能帶給我太過強烈的心靈衝擊。總覺得自己所熟悉的歷史人物，帶給我某種神祕的暗示。台灣現代詩人紀弦曾經在這裡流浪過，而張愛玲也在這裡創造她一生最好的小說藝術。只是站在城市高樓的陰影下，我所緬懷的都不是文學。我的歷史感引導我去懷念曾經在這裡浮沉過的政治人物，他們的容貌與形象第一次那麼清晰浮現在我的想像裡。

2

上海外語學院的教授安排最後一天驅車前往蘇州，那可能是這次旅行最美好的記憶。那年從上海到蘇州的高速公路還正在修建，前半段已經完工，而後半段只開通單行道。離開上海的城市，立刻就看到開闊的農村景象。在廣大的田地中間，往往矗立著水泥樓房。看到綠色的田野，才知道江南風光確實有其嫵媚之處。車子在奔馳時，駕駛的教授情緒似乎非常高亢。他大約很久沒有嘗到開車的滋味，整個神情顯得特別開懷。那是屬於學校的公務車，似乎對於蘇州之行感到特別興奮。他上次來時是文革結束後不久，對於自己在文革期間所遭受的待遇，他隻字不提。他只淡淡地說：「那已經不堪回首，盡量不去想它。」

車子加速前進之際，前方有一輛車子突然掉頭迴轉。整個車裡的人都驚聲尖叫，幾乎就要發生車禍。這是我第一次領教了上海的開車文化。到達蘇州小城時已接近中午，一行四人先在飯店用餐。改革開放後的蘇州小鎮顯得非常熱鬧，那時並不知道蘇州的城郊被規畫成工業園區。那種田園景色還保留得相當古典，處處可見蜿蜒的運河。水色有些混濁卻很乾淨，沿著河岸還是可以看見農家景色。整排白色的牆因為多雨的緣故而留下暗色痕跡，反而形成一種黑白對照之美。民宅的屋簷瓦片在牆頭掩映著，散發一種迷人的氣息。這是我第一次感受到古典中國的動人之處，那是一種與世無爭的氛圍。

餐後到達拙政園時，訝然發現觀光客非常多。這是蘇州最重要的名園，從圍牆的高度就使人覺得氣象不凡。這是從明朝就已經建好的貴族花園，從來不知道古典建築可以散發如此迷人的氣息。進門之後，彷彿跨入一個完全不一樣的世界。牆裡牆外的風光截然不同，使人產生一種錯覺，自己好像化身為古代文人。尤其走到園中的小飛虹，水池寧靜得如一面鏡子，倒映著屋簷小橋。望著水中倒影之際，不免會誤以為自己就是一名古代書生。

那時多麼希望可以停留久一點，面對如此寧靜的風景，匆匆瀏覽走過簡直是一種褻瀆。那時才驚覺，最初的上海之行不應該安排得如此急促。在短暫的兩個小時，能夠照顧到的風景都只是浮光掠影。這個花園之美，絕對不只是屬於典雅空間的設計。整個庭園最迷人之處，反而是時間所沉澱下來的顏色。四百年已經過去，多少人事曾經浮沉過，多少情感恩怨也生滅過。那些看不見的感覺，都附著在每一株華麗的柱子。曾經有過的花前月下，曾經有過的海誓山盟，可能在花園裡的什麼地方發生過、也熄滅過。

在上海城市裡鬱積的許多緊張情緒，似乎都在這花園裡獲得紓解。在共產黨的統治下，從整風運動到反右運動，從文化大革命到天安門事件，使多少古老大地上的魂魄受到傷害。那些庸俗的政治鬥爭事件，似乎與這座寧靜的花園全然銜接不起來。如果不是為了探訪謝雪紅的歷史事蹟，也許不可能有上海之行。人生確實有太多的意外，絕對不是任何規律或規畫可以解釋。在長途跋涉中，蘇州完全是意外之旅。坐在樓台水岸之際，許多複雜的想像都匯集到拙政園的池塘裡。有如此與世隔絕的天地，讓我更加覺得政治是多麼惱人，多麼汙濁，卻又讓人無法遁逃。坐在亭子裡，四面八方的綠色席地而來。靜靜坐在那裡，似乎是在過濾這兩三天所經歷的場景。一種突然襲來的疲憊，很快就占領了整個心房。我希望趕快脫離上海這個城市，隱隱中總是覺得自己的一言一行都受到監視。

離開拙政園後，立刻又驅車到達寒山寺。那是坐東朝西的一座古寺，建於六朝的梁武帝時期。我到達那裡時，已經是一千三百年以後的事情。遊客出入非常頻繁，寺廟前有一條運河經過。外面的圍牆都漆成暗黃色，與古典寺廟的幽暗建築正好形成鮮明對比。旅行那麼遙遠的道路，能夠到達這傳聞許久的古典建築，心情不免有些騷動。站在門前之際，我在內心暗誦著張繼的〈楓橋夜泊〉：

月落烏啼霜滿天，
江楓漁火對愁眠。
姑蘇城外寒山寺，

夜半鐘聲到客船。

那是一種千古的孤獨，是久久無法排遣的一種鄉愁。詩句的每一個意象，幾乎都恰到好處嵌入語言的節奏裡。我站在寺廟外面，望著夏日午後的古典建築，卻不免浮起一種涼意。也許是水的緣故，也許是風的緣故，更或許是那首詩從古代所攜來的。四周的樹蔭圍攏過來，我不免也錯覺自己是一名古典書生，而且是科舉考試落榜的書生。讓我感到訝異的是，竟然有很多信徒持香膜拜。共產黨從來都是禁止宗教崇拜，但是民間的信仰習慣卻完全不能禁絕。廟前甚至有爐香，聚集一些善男信女燒著紙錢。他們的面孔流露一種愁苦，似乎只有看不見的神才能讓他們度過困厄。共產黨解放了中國，卻無法解救愁苦的人心。

我繞著寒山寺的周邊散步，樹蔭所攜來的微風終於也解散了我緊繃的情緒。我慢慢走到寺前的那座楓橋，看到漁人撐著木舟順流而下。寧靜的水面倒映著漁人，那樣的風景也許在唐朝就已經出現過。我被那樣的景色深深震懾著，那好像是從現代的時間與空間裡抽離出來，任何庸俗的政治力量也無法改變它。那行雲流水的記憶，永恆地停泊在我內心深處。在那時刻我更加可以體會，歷史上多少朝廷要人寧可辭官返鄉。那絕美田野風光所帶來的召喚，似乎不是柔軟的情感所能抗拒。站在流水人家的橋上，我隱隱可以體會那樣的風景，絕對不是庸俗的政治權力所可干涉。

到達寒山寺時，我終於覺得上海之行毋需後悔。人生的道路從來不是可以事先計畫，也不是可以按照行程順利完成。總是在曲折迂迴的過程中，突然有未曾預期的風光浮現在眼前。佇立在寒山寺前面的水岸，許多複雜的情緒洶湧而來。蘇州之行改變了我最初的許多想像，甚至也不再計較政治氛圍所帶我的苦惱。如果不是為了尋找謝雪紅的蹤跡，如果不是為了探訪生病中的周明先生，生命裡恐怕不會發生過上海之行。那是我生命裡最偏遠的一個城市，甚至比布拉格、莫斯科還要遙遠。至少在我動筆書寫之初，從來沒有浮現過任何念頭要到上海探訪。如果不是周明在加州與我見面，如果不是他生病而邀請前來，在我的生命地圖裡不可能出現上海座標。

從拙政園到寒山寺，心境似乎發生太多的起伏跌宕。我回想著上海城市裡的許多不快經驗，那些都是政治環境所攜來的。望著漁人泛舟逐漸遠去，我逐漸感到釋懷。身為一位歷史研究者，看到中國真正的古典風景時，才訝然發現自己研究宋史的荒謬。當年因為聯考的緣故而終於進入歷史系時，冥冥中就覺得那是命運的安排。歷史訓練使我的時間感更加強烈也更加鞏固，只是當年我選擇宋代歷史作為畢生的追求，顯然有些格格不入。上海之行使我更加明白，所有的知識追求都應該具備臨場感。台灣與宋代的距離確實太過遙遠，寒山寺之行讓我這樣的體會更加刻骨銘心。這裡才是中國歷史的現場，而我曾經是那樣隔閡。〈楓橋夜泊〉的詩行，就在我目睹寒山寺的剎那，許多想像都變成那樣具體可感。這是我對上海的最後回眸，一切都變成永恆。

二〇一九年一月十七日 政大台文所

時代轉彎的時刻

1

歷史節奏與生命節奏，往往在神祕的時刻發生連結。從一九八〇年代投入海外政治運動之後，而且也讓自己搖身變成黑名單的人物，在生命底層似乎時時感應著外在的政治變化。身體內部的血液循環，在隱隱之間也與時間流動相互呼應著。在一九八〇年代整整十年之間，多少政治事件都在敲打著內在的生命節奏。如果那段時間沒有親自介入，或甚至選擇逃避的話，可能會在我後來的歲月發生悔恨。那整整十年都在我血脈裡留下鮮明的刻痕，只要一回首，每一個事件、每一個轉折都鮮明浮現出來。有多少遠逝的魂魄，都相當鮮明地寄居在我身體的什麼地方。有時在夜晚的某些神祕時刻，似乎都可以與這些冤魂展開對話。林義雄的雙胞胎女兒亮均、亭均，在許多夜晚以最動人的笑容與我相見。從未謀識的陳文成，也偶然與我坐在桌前對視。在舊金山被暗殺的作家江南，甚至也會與我討論蔣家的祕辛。形象最鮮明的鄭南榕，依舊以傲慢的姿態橫眉看我。

他們不是鬼魂，也不是幽靈，而是以生動的形象陪伴著我。縱浪在海外政治運動之後，我似乎再也不怕死，甚至也不再害怕鬼魂。那十年我似乎經歷了一段漫長的火浴試煉，鬼哭神嚎的那十年，徹底整頓了我的人格。憑藉著那股勇氣，我堅定地干涉了政治，也干涉了歷史。當我的魂魄抵達一九八七年，我決定開始撰寫《謝雪紅評傳》。那年跨過四十歲，竟然可以感覺生命裡充塞了各種鬼神。有一股神祕的驅力要求我，完成這部夢想中的傳記。到達中年之前，我曾經耽溺於詩與詩論的書寫，也苦戀似地營造私密散文。從來沒有設想過，自己會投入相當艱鉅的傳記營造。從一九八七年到一九九一年，才終於完成這部艱難的書寫工程。為了完成這本傳記，我幾乎旅行了半個地球，甚至也走遍美國各大城市。美國西岸的西雅圖、舊金山、洛杉磯，美國中部的芝加哥，南部的休斯頓與田納西的孟非斯，東部的華府、紐約、波士頓，都留下我奔波的蹤跡。

為了完成這位革命女性的生命史，我頗知不能完全依賴文字紀錄，口述歷史也是一條重要線索。在撰寫的那幾年，所有旅行過的城市都成為我生命版圖的據點。不同城市的不同容顏，也都構成了這項書寫工程的基石。每次打開北美洲的地圖時，都相當清楚畫出自己的生命軌跡。這麼多年以後，在陌生城市的深夜對話還是相當清晰浮現出來。每當回首時，那些蜿蜒的蹤跡其實也記錄著自己的生命史。我後來終於明白，為謝雪紅的歷史造像，其實也是在定義自己的生命版圖。如今再次回望，那些陪伴我走過孤寂旅程的友朋，其實也協助我定義自己生命的深度與高度。這麼多年以後，時空都變得非常遼遠，而我終於沒有迷路。我終於覺悟，在我為謝雪紅作歷史定位之際，其實也在為自己的生命座標進行自我定位。我後來終於有深刻的體會，所有的書寫工程無論是散文或詩、文論或政論、文學或歷史，其實都是在定義自我生命的格局。凡是書寫過，就一定留下痕跡。時間消失了，所有的文字都化為空間而保留下來。

一九九〇年三月，我的書寫工程已經完成將近三分之二，台灣卻傳來野百合學生運動的消息。由於長期為黨外雜誌撰稿，直接間接都與台灣的學生開始聯絡。到今天印象最深刻的幾位運動領袖，如邱義仁、吳叡人、吳乃德、吳介民，都是在文字發表過程中間接認識。那年學生運動領袖要求與總統李登輝見面，希望能夠召開一次國是會議。透過這場會議的進行，容許朝野兩黨的領導者可以共商國是。李登輝答應，那年六月下旬在圓山飯店正式舉行。民進黨黨主席黃信介擔任在野黨的召集人，那可能是戰後台灣歷史的一個重要轉折點。因為那場會議頗有修憲的意味，決定了總統直選的制度。那時我正在聖荷西準備隔海觀望，卻接到許信良的電話，希望我也回去參加這場罕見的盛會。接到這樣的邀請，內心頗為興奮。但是想到自己的簽證問題，卻又相當憂慮。

我仍然持著美國護照，到舊金山的辦事處簽證。他們仍然給我一個月的停留，我在內心感到非常不滿，但最後還是接受了這樣的安排。長期觀察台灣的政治變化，我頗知這場國是會議非常重要。因為這是李登輝在接見野百合的學生領袖時，他公開所作的承諾。對於這位國民黨領導人，我長期還是採取批判態度。但是就在他走入野百合運動的現場時，我才強烈感覺到，他與蔣家父子的風格截然不同。野百合學生運動，其實是年輕世代表達對老賊的不滿，也對立法院與國民大會的萬年代表提出強烈抗議。李登輝所展現出來的風範，到今天仍然讓我欽佩。畢竟他與蔣家傳統處在完全不同的歷史過程，李登輝從民間出身，而蔣家則背負著黨國包袱。如果對蔣經國給予肯定的話，應該是他生前勇敢提拔了李登輝。這位屬於黨國體制的台籍領導人，顯然與過去的威權時代截然不同。他曾經是左翼知識分子，而且也加入了共產黨。也許是這個原因，與蔣經國的意識型態頗為接近。在一九二〇年代國共合作之際，蔣經國也曾經被送到莫斯科接受訓練。他在孫逸仙大學受到左派思想的洗禮，而台灣共產黨領袖謝雪紅也在同一時期在莫斯科讀書，但是她是在東方勞動大學接受訓練。在北地雪國，謝雪紅與蔣經國有多次見面的機會。兩個人分別把中國與台灣的歷史帶到那麼遙遠的地方，而那樣的交會極其偶然，卻沒有擦出任何火花。

台籍的李登輝在戰後初期，也與左派運動者接觸過。據傳他曾經接受中共地下黨員的吸收，至少也曾經參加過左派的讀書會。這樣的生命歷程，使蔣經國與李登輝之間的接觸頗為契合。但那只是意識型態上的接近，兩人的歷史經驗與生命經驗則完全背道而馳。一九四七年二二八事件的爆發，使許多台灣知識分子的思想有了劇烈變化。國民黨是加害者，台灣人是受害者，顯然無法構成對話的空間。李登輝的專業知識是農業，而且也曾經到康乃爾大學留學，返台後變成技術官僚，逐漸在黨國體制裡提升了能見度。這些因素，自然而然在國民黨的體系中慢慢被看見，也逐漸受到蔣經國的注意。一九八八年一月二十三日，蔣經國去世。副總統李登輝順理成章繼任了，從而開啟了一個全新的時代。野百合學生運動發生時，李登輝所展現出來的風格，與國民黨政治傳統有很大的改變。

2

那是一個劃時代的重要事件，李登輝一方面處理萬年代表的下台，一方面則積極朝向總統直選的方向前進。他向野百合學運的領袖承諾，將舉行國是會議，確立總統直選的方向。那場會議正式在台北圓山飯店舉行，黃信介率領民進黨代表到達那裡時，我也是屬於受邀的行列。會議在飯店的頂樓召開，國民黨與民進黨各有自己的私密辦公室，整個會議以緊湊的節奏展開。我站在圓山飯店的停車場，仰首矚目這棟宮殿式的建築，內心不免發出驚嘆。在戒嚴時期，台灣成長的孩子很少有機會接近如此華麗的飯店，畢竟那是屬於蔣宋美齡個人的黨產。從海外浪遊回來，第一次見識官場文化的排場。李登輝到達時，文武百官都按照各自的位階走進大廳。這位曾經是政治犯的國民黨領袖，展現出來的風格相當親民。他一一與民進黨代表握手致意，顯然他把那場會議看得特別嚴重。

國是會議其實是要決定總統直選或間接直選，畢竟國民大會的組織已經解散，那場會議至為關鍵。我獲得允許參加民進黨的內部會議，就在現場遇到了美麗島受難人黃信介、張俊宏、呂秀蓮，也認識了美麗島事件辯護律師張俊雄、謝長廷、蘇貞昌、陳水扁、江鵬堅、尤清，以及立委康寧祥與黃煌雄。他們曾經是非常遙遠的名字，到那時刻許多傳說終於不再是傳說。能夠置身在那關鍵時刻，是我生命裡相當稀有的經驗，也因此可以感受到，身體內部的心臟跳動與血液流動特別加快。時間流動的起承轉合，彷彿都濃縮在那罕見的歷史時刻。許多遙遠的名字不再是遙遠，而是具體而立體出現在我眼前。

民主進步黨的誕生全然是由街頭運動開始，如今終於到達一個歷史轉折點，竟然可以與當權的國民黨平起平坐。見證李登輝與黃信介在台前互相握手時，台灣民主政治的轉折點就在那時刻擦出火花。選擇民主的方式，其實就在選擇和平轉移的手段。整個會場浮起熱烈的掌聲，而鎂光燈也花開花落般地閃爍。坐在會場後面，有一個聲音在內心深處告訴自己，這就是歷史，後人一定會記載這個關鍵時刻。跨過之後，台灣的民主內容才具體鞏固下來。我的神情可能看來極其平靜，但可以感受到內心驚濤拍岸的聲音。似乎可以預見在未來幾天的會議過程中，將要決定台灣社會的民權是否可以獲得伸張。畢竟國民黨內部的保守派還在奮力抵抗，對於這位台籍總統充滿了鄙夷與輕視。能夠參與台灣歷史跨越的時刻，就覺得自己在海外的淒苦歲月已經換取代價。

會議進行期間，國民黨內部分成兩派。一是以李登輝為首的總統直選派，一是以馬英九為首的間接直選派。這兩派的存在正好證明，李登輝在黨內所遭受的困境。他終於選擇召開國是會議，其實是希望藉由民進黨的助力，使自己脫困而出。所謂間接直選，為的是要使立法院與國民大會的萬年代表，能夠繼續保留下來。我那時一直覺得，自己是如此貼近歷史舞台，而且也非常貼近歷史的翻滾力量。在舞台上出現的人物不再是遙遠的名字，而是具體在眼前生動地展開表演。遠在加州撰寫政論時，每位政壇的名字是何等抽象，是何等飄渺。他們說話的語氣、發言時的手勢，以及內心思考的波動，在歷史現場都可以深切感受。

參加民進黨的內部會議時，黃信介坐在桌前，每次發言時整個室內都安靜下來。媒體所傳說的這位政治人物，往往都形容他是草莽出身，或者以「歐吉桑」來形容這位領導者。我所見證的那一幕，反而覺得他是我隔壁的鄰居，說話時夾帶著國台語，是一位道地的福佬。他沒有任何身段，但在發言之際邏輯思考非常清晰，而且充滿了說服力。我那時才第一次領受了這位歐吉桑所釋放出來的智慧。他說話的姿態使人感到親切，在舉手投足之間帶著威嚴。觸及總統直選的議題時，他前額的皺紋好像變得更深，卻隱藏著一定的智慧。他理著平頭，穿著也輕易簡便。他從來不說任何多餘的語言，緊緊扣住了議題的核心。坐在旁邊靠牆的椅子上，我似乎在見證歷史是如何寫出來，政治改革是如何構思出來。我所見證的不是一場安靜的會議，而是相當重大的歷史事件。室內所有的出席者保持高度寧靜，顯然每個心靈都受到震懾。

在那場會議中，我看見黃煌雄正在宣讀他所做的憲改意見。我終於慢慢領悟到，歷史事件的形成原來是凝聚許多看不見的精神力量。在那樣重要的場合，在那樣關鍵的時刻，必須有恰如其分的心靈投入其中。曾經是美麗島的受刑人，黃信介的神情完全不存在受害的陰影。而出席的民進黨員張俊宏、姚嘉文、許信良也都熱切參與討論，完全不存在絲毫遲疑或猶豫。

這是一群要創造時代的投入者，也是要為台灣歷史未來尋找方向的領航者。有幸能夠坐在他們中間，我的內心混融著各種滋味，甚至不知道如何安頓自己的情緒。那時我非常明白，國是會議如果能夠順利獲得總統直選的結論，台灣從此就不一樣了。我不是參與者，卻是最貼近的見證者。將近二十年即將過去，但那年夏日午後的氛圍還是非常生動存留在記憶裡。我終於見證台灣政治是如何翻轉過來，也終於體會台灣社會的民間智慧是那樣浩浩蕩蕩，已經不是任何政治力量可以輕易阻擋。

國是會議的最後一天，兩個政黨似乎已經取得共識。在圓山飯店的頂樓會議廳，國民黨與民進黨代表隔著一條走道，同時見證台前李登輝與黃信介的談話。那時我才終於清楚體認，歷史力量從來是看不見的。但是那股力量在出席者的每個人心中，似乎一直都在澎湃激盪著。無論是贊同者或反對者，都在聆聽台前的兩位朝野領導人談話。經過將近一個星期的會議，歷史的答案就要揭曉。李登輝在致詞時，特別感謝民進黨員的投入參與，也感謝國民黨員的智慧與折衝。當李登輝宣布總統直選的結論時，整個會場爆出熱烈掌聲。似乎可以看見有些國民黨員的臉色相當沉重，卻又對整個形勢頗為無力。台灣歷史正是這樣寫出來。野百合學運所造成的效應，都在國是會議結束時完全呈現出來。

剩下來就是國民黨內部處理的問題。曾經在歷史舞台掌握龐大權力的萬年立委與國代，已經到了安排出路的時刻。而國民黨在戒嚴年代所訂定的《動員戡亂時期臨時條款》，似乎也必須給予恰當的修訂。身為台籍知識分子坐在會場觀禮時，我內心可以說百味雜陳。那年我已經四十三歲，已經跨過半生，卻第一次感受到內心的精神枷鎖即將要卸下來。坐在那宮殿式的建築裡，可以望見迷濛陽光中的台北盆地。山下的街道與高速公路，仍然還是車水馬龍。那些正在奔波的台灣人，並不知道歷史事件已經發生；更不知道有一天台灣的領導人，就要由他們投票產生。我頗知能夠親眼看見這個歷史舞台，也看見重大歷史事件正在發生。才終於覺悟，能夠活下來是一件幸運的事。隱隱中，我似乎也看見自己的黑名單身分即將解除，而整個台灣社會所背負的枷鎖也即將卸下。站在高樓望向大屯山，那裡也是煙霧籠罩著。朝著陽明山北投的方向，依然是迷濛一片。在那個時刻，沒有人知道我內心的激動。歷史謎底已經揭開，我決定無論如何都必須回到台灣，再也不會有任何懷疑。

歷史之旅的終結

1

生命中最艱鉅的書寫工程，在一九九一年春天宣告完成。折磨我將近四年的日日夜夜，最後也有到達終點的時候。整整四年，每天的所思所想都貫注在這位台灣女性身上。當年動筆之初，似乎抱持且戰且走的心情，因為有太多傳記史料根本無法觸及，甚至也不確定在什麼時候什麼地方不期而遇。一九八七年是重要的轉折關鍵，尤其在我主編的《台灣文化》上發表緒論時，從未想到引起各方的注意。特別是在中國北京與上海，許多居留當地的台灣人逐漸口耳相傳。那可能是我生命裡的一個重要事件，不僅台灣人社群正在注意，甚至北京的當權者也正密切觀察。與上海的周明認識，也許就是一個突破點。那時正在閱讀史料過程中，遇到太多謎團。尤其一九五八年反右運動過程中，謝雪紅遭到十大罪狀的指控。在群眾鬥爭裡，她承受了許多罪名，完全不是我所能理解。周明正好到達美國參加二二八事件四十週年紀念會，也順便飛到聖荷西來找我。那次相遇，是我書寫過程中的一個重大突破。我向他請教十個罪狀背後的故事，經過三天三夜的相互比對，我終於看見一個歷史的輪廓。

在歷史迷霧中徘徊搜巡，只要能夠找到一點點光，就可以找到突破的道路。王思翔的本名是張禹，安徽人。能夠與他聯絡，是因為他正在安徽主編《清明》文學雜誌。他寫過一冊《台灣二月革命記》，讓我印象特別深刻。我嘗試依照《清明》雜誌的地址寫信給他，總覺得那是雨落大海，希望非常渺茫。在將近三個月後，我突然收到他的回信，那種驚喜完全是在我料想之外。他的文字寫得密密麻麻，筆跡非常清秀。在長達三頁的信紙上，不僅說他認識謝雪紅，而且也認識楊逵。他也提起，他在台中時期曾經與楊逵過從甚密。他主編了《和平日報》與《新知識》，背後的支持者是謝雪紅。楊逵在二二八事件發生之前，曾經發表過一篇〈從速編成鄉下工作隊〉。王思翔特別用抄寫的方式寄給我全文，他沒有使用影印的方式，是因為當時影印任何資料都必須經過上級的批准。他的手抄筆跡寄到加州時，我滿心感動，覺得他一定是因為我寫謝雪紅，所以願意用任何方式協助我。

一九九〇年，當整本傳記寫到文化大革命時期簡直無以為繼，因為那牽涉到台灣民主自治同盟的內部鬥爭。那年夏天頗覺苦惱，沒有想到八月中旬，我的信箱突然收到一封鼓鼓的信件。那是從內蒙古寄來，寄件者謝慧君於我是陌生的名字。拆開來看時，才發現裡面夾寄著文革時期台盟內部互相鬥爭的油印資料。那是從天外飛來的最佳信息，讓我終於明白台盟內部的分裂狀態，也更加明白謝雪紅遭到批鬥的主要原因。許多謎團中的疑問，都在此刻撥雲見日。我一直覺得這部傳記不是我一個人寫出來，而是流落在地球每個角落的台灣人所共同寫出。點點滴滴匯集成為巨流之後，這部傳記的書寫才順利抵達終點。

那是一段難以忘懷的心靈探險，也標誌著我跨過中年之後的精神冒險。曾經有多少時刻感到非常絕望，畢竟謝雪紅的時代距離我太過遙遠，而中國在我心裡則更加渺茫。時間與空間的跨度，簡直遙不可及。前後整整四年的時間，嘗盡各種情緒上的起伏變化。沒有人要求我承擔這項工作，而是我選擇縱身投入。當我寫完全書的最後一段話，內心不禁發出驚叫。那時正是深夜時刻，我不知道要與誰分享內心的狂喜，只能用傳真的方式告訴台灣的朋友，也告訴前衛出版社的發行人林文欽。穿越多少不眠的夜晚，我到達自己所預定的黎明時刻。完成這本傳記，也許可以視為生命過程中的一個事件。畢竟從一無所有開始，而最後到達一冊四十萬字的傳記，在過程中所有的煎熬，證明是非常值得。稿紙上所寫出的每一個文字，是我進入中年之後以分分秒秒所累積起來。每次看到那堆疊起來的手稿，自己也覺得不可置信。

最初的傳記文字曾經刊登在黨外雜誌《八十年代》，那是由康寧祥所創辦。只因為內容是牽涉到左派的謝雪紅，而作者是黑名單的陳芳明，終於沒有躲過被查禁的命運。這冊傳記的後半部，最後都是在《自立晚報》副刊連載。當時報紙總編輯是筆名向陽的林淇瀁，而副刊主編是林文義。他們一起伸出援手，以整整一年的時間連載全書的後半部。那時台灣已經解嚴，我所撰寫的政論似乎已經通行無阻，所以這部評傳都可以順利刊登。直到一九九一年春天，全書連載完畢。前衛出版社終於預定在那年七月舉行新書發表會，地點預定在台北的耕莘文教院。在海外流亡如此之久，終於完成了這項艱辛的自我許諾。沒有人指定我必須完成這本書，也沒有人期待我會寫出這樣的評傳。只是我內心非常明白，如果要回到台灣，我不能空手回航。這部書等於是一個預告，不久以後就可以全心擁抱屬於我的土地，而且再也不會離開。

那年七月《謝雪紅評傳》正式出版，我也回到台北。那年回來的心情，已經不再是陌生、慌亂、徬徨。畢竟我已經完成了一本歷史傳記，那應該是總結我在海外漂泊時期所建構的知識。一位男性史家為一位歷史女性作傳，似乎是非常稀罕的事。這部傳記意味著自己在思想上的多重轉向，最初自己被訓練成為中國沙文主義者，現在則跨越到以台灣為主體的思維。

過去曾經是男性沙文主義者，現在則建構台灣歷史上的女性命運。過去自己是接受右派的學術訓練，現在則轉向成為左翼的結構性思考。其中夾纏著太多的決裂與結盟，這是生命裡最具革命性的自我反思。從前的許多朋友都不敢前來相認，而我也覺得許多舊時的情誼慢慢淡化，也慢慢疏遠。坐在台北的樓頭，不免帶著嘆息與失落。有時會從內心湧出些微荒涼，有時則覺得這是自己所選擇的一種前進。夾在過去與現在之間，確實存在過多的矛盾，也壓縮著過剩的惆悵。而我終於也必須往前跨出去，容許從前那些猶豫與徬徨遺留在身後。

回到台北後，我特別到耕莘文教院勘查場地。那年夏天非常炎熱，襯衫背後已經濕成一片。在下午時刻走進那座建築的廳堂，才發現那是一個龐大的空間。我在內心自問，新書發表會果真會有那麼多讀者來參加嗎？在我年少時期，現代詩朗誦會都在這裡舉行，至少在這裡有兩次聽到余光中站在台前朗讀。那時他大約四十歲，他發亮的前額充滿自信。在燈光照耀下，他的聲音起落有致地讀出〈或者所謂春天〉的詩行。那是我從未忘懷的場景，畢竟那標誌著我走向文學的一個轉折點。如今輪到我要在這裡舉行新書發表會，那時我與詩人之間還處在決裂狀態。情緒有些忐忑，卻不知道如何定義它。在那夏日的下午，我在廳堂裡停留許久。一方面咀嚼著自己的記憶，一方面又要消化動盪的情緒。那年我四十四歲，跨入中年階段不久，卻感覺自己非常蒼老，彷彿已經過了一生。

2

那是我生命中難以忘懷的新書發表會，總覺得自己可以對台灣有一個交代。畢竟在海外停留那麼久，不應該空手而歸。在聖荷西的日日夜夜，幾乎每天都在與謝雪紅對話。也許在別人的眼光裡，我在形塑一位女性的命運過程。但只有我自己明白，謝雪紅其實是在定義我的靈魂。沒有經過她走過的道路，我對台灣的理解、對歷史的認識，也許不會那麼深刻。那其實是一種辯證的過程，在每個孤獨的深夜裡，她總會適時出現，帶著某些神祕的力量，彷彿引導著我去探索許多陌生的區塊。生而為台灣人，對於海島土地顯然是非常疏離。在漫長的撰寫歲月裡，顯然又再度穿越一段自我質問、自我辯證的時光。一個人的思想轉變，往往在未曾察覺的時刻裡發生。但是在撰寫這部傳記時，我卻可以把自己看得非常明白。如果繼續留在台灣、繼續留在宋代、繼續留在中國的思考裡，大概不會察覺生命的內核會有任何移動。在冗長的四年歲月，我可以感知自己正在卸下從前的包袱，同時也在汲取全新的生命元素。書稿全部完成時，彷彿是卸下靈魂的枷鎖，我已經為自己鍛造一個陌生的魂魄。那是全新的我，可以轉換到一個不同位置看待這個世界，也看待我自己。

新書發表會的那天晚上，我到達耕莘文教院時才訝異發現，整個廳堂已經擠滿聽眾。出版社為我安排主持人是胡台麗，另外兩個發言者是張炎憲與吳密察，他們都是我台大歷史研究所的朋友。彼此從未相見已經十餘年，但一起坐在台上時，許多失落的感情又重新拾回。放眼整個聽堂，幾乎每個角落都擠滿出席者。瞭望著那樣的場面，我才知道謝雪紅並沒有死去，而是生動地活在每個人的心中。在那時刻，內心底層彷彿是驚濤拍岸，我未嘗平靜下來。讓我更為訝異的是，發現我的岳父坐在聽眾席的最後一排。遠遠看他安靜坐在那裡，想必他的心情也是五味雜陳。當年他容許他的長女與我結婚，也穿越了許多天人交戰的時刻。那年決定要到美國讀書之際，他似乎有些掙扎。他對即將與我結婚的長女說，這個男人可能會帶給妳動盪不安的生活。他的觀察果然非常精確，穿越了十餘年的流亡生涯，可以說吃盡了苦頭。岳父是京都大學畢業，也與京都女性結婚。他的性格與言談非常內斂，就像我所認識的一些日本朋友。我並沒有邀請他來參加這個發表會，顯然是要觀察到底我在海外做了什麼。

輪到我站在台前演說時，我才發現廳堂的角落出現帶著大哥大的可疑人士。原來在這樣的場合，當權者也不會放過我。在那幾年只要踏上台灣的土地，大哥大就如影隨形跟蹤著。我內心並無所懼，心情相當穩定地把準備說出的話表達出來。在那樣的場合，我決定使用台語演講。我也看到前衛出版社在廳堂的出口擺設一張長桌，上面堆滿了剛剛出版的《謝雪紅評傳》。面對那麼多熾熱的眼睛，我彷彿是對著天上的謝雪紅講話。對於她生前旅行過的蹤跡，我已經耳熟能詳，幾乎是信手拈來。在將近四十分鐘的發言過程，我或許不只是對著聽眾講話，也是對著漫長的歷史長廊說出我內心的語言。那是相當神祕的時刻，我第一次那麼清楚感覺到，台灣魂魄就附身在我的體內。把二十世紀受到壓抑的願望與憧憬，都透過那場演講而發抒出來。

演講結束時，聽眾已經在台前排出一條長龍，每個人的手中都持著那本新書。走到台下之際，突然有一位女性衝過來與我講話，原來她是楊克煌的女兒楊翠華。她說，你終於寫出這部書了。那是我無言以對的時刻，因為在這部評傳裡，我寫到太多她的父親。當年曾經寫信請教她，卻遭到她的奚落。她其實是前來告訴我，第二天她就要飛往北京，去領取楊克煌遺留下來的文物。依照中國共產黨的規定，黨員身後所留下來的文物，只能由直系親屬繼承。在那時刻，我只能在內心自我感嘆。流落在天涯海角的台灣人魂魄，也只能由台灣人去收拾。我寫的這部傳記，重點並沒有放在楊克煌，而是她父親的婚外女性。在那匆忙的錯身時刻，我只能祝福她一切順利。望著她匆忙離去的身影，我只能無語目送。

我終於坐下來簽書時，才察覺排隊的聽眾讓我看不見盡頭。在低頭簽名之際，只能請教讀者的姓名。不知何時，曹永和先生竟然站在我桌前，他也購買一冊要我簽名，我趕快站起來與他握手。這位主張「台灣島史」概念的研究者，完全不是學院所訓練出來，一直都是由他個人蒐集資料，專注於荷蘭時期台灣史的探索。曹先生與我之間並沒有任何知識的傳授，這位素人學者在我內心的位置卻有強烈暗示。畢竟台灣史研究還未能進入教育體制裡，他以畢生精力投入這個荒蕪的領域，就值得我尊敬了。

他與我各自在黑暗的島上摸索，前面沒有終點，後面沒有來處。我深深相信，他在孤燈下自我摸索之際，想必承受了千古未有的寂寞。這位建構台灣島史的研究者，舉止之間都非常謙虛，甚至微微透露一點點羞怯。那是一個無可忘懷的夜晚，在那明亮的燈光下，我的旅程似乎也到達一個中繼站。看見入口處的長桌整齊排著四百本新書，不禁讓我感覺有些夢幻。在演講結束後，那些新書完全銷售一空。當所有聽眾退潮之後，我與出版社發行人林文欽站在會場門口，可以感覺自己的內心有些激動。這本將近三十餘萬字的評傳，等於是我交給台灣的一份成績單。那是經過多少時間的凌遲，也承受多少空間的凌遲，才終於完成這項書寫工程。在歷史書寫過程中的乘風破浪，在返鄉過程中的驚濤駭浪，在那個時刻自己覺得都完全克服了。

這冊傳記完成後，驟然有一種失落的感覺，完全不知道下一步要做什麼。也許那或可稱為中年危機，完全不知道如何自遣。那時整天坐在書桌前，全然不發一語。除了固定撰寫政論之外，彷彿在漫長的歲月裡找不到任何目標。思考近乎枯竭，書寫也非常寥落。有一天清晨醒來時，怔忡之間有一個聲音來告訴我，出去跑步吧。清楚聽到這個聲音時，便立刻作了決定。那天黃昏我在門口穿上運動鞋、繫好鞋帶，緩步走向家屋附近的山路。那是聖荷西最邊緣的界線，來往車輛稀少。隔著鐵絲網便是滿山荒草，寂靜無人。站在路的盡頭，非常生疏地做了一些暖身運動，深呼吸之後便開始啟動慢跑。那時已經是夏季尾端，暑氣仍然從山那邊吹襲過來，才跑不到一百公尺便氣喘吁吁。只好在路邊樹蔭下停下來，感覺有些絕望。內心有一個聲音告訴我，絕對不可放棄。又重新自我吐納一次，再次起跑，終於完成一英里長的跑步。回程時又是在中途停止下來，然後又再次起跑。如此反反覆覆地練習，經過一個星期後，終於體悟到跑步與吐納之間的平衡。那年跑完一個夏天之後，又繼之於秋天，以至冬天。長跑與書寫之間截然不同，但都需要意志來支撐。沿著山邊的道路奔跑，終於跑到第二年的春天，滿山的荒草開始轉綠。有時是豔陽，有時是陰雨，我仍然堅持跑下去。歷史書寫的旅程到達終點，人生的慢跑卻正在開啟。

二〇一九年四月十一日 政大台文所

罌粟花的山路

1

北加州的春天降臨時，總是以一陣陣綿綿細雨預先通知。滿滿整個山坡的枯草，在短短兩三天內逐漸翻綠。先是山頭開始變成蒼翠，然後是山坡也跟著在一夜之間幻化成綠色，一直到山坡下的窄窄平原，春草的蔓延頗有一瀉千里之勢。春天的雨絲極其溫柔，往往在遠遠的山頭看到一團白雲移動過來時，雨水也跟著及時下降。在北加州很少看到傾盆大雨，完全不像台灣的雷電大作。雨水落在山坡上，也落在舊金山灣。那種季節交替的儀式，看來是彬彬有禮。雨停時，陽光乍現，整個海灣的風景彷彿刷新一般，好像換了一件新的衣裳。那是我四十五歲的起點，彷彿逐漸跑入人生的下半段。那時仍然為台灣的報紙寫專欄，因為已經解嚴，政論文字不再像過去那麼受到歡迎。即使遠隔一個海洋，還是可以強烈感覺島上氣候已經全盤回轉過來。那是我回歸文學的一個契機，所有島上寄來的文學作品總是讓我全心閱讀。無論是詩集或小說，都羅列在我的書架上。

文學生態的變化，更加讓我感覺自己是台灣的陌生人。當時正在崛起的作家，黃凡、張大春、朱天文、朱天心、林燿德的作品，開始出現在我書桌上。他們於我都是陌生的靈魂，無論是說話的方式或文字的運用，甚至故事的安排，已經截然不同於我所熟悉的現代主義時期。當年離開台北時，黃春明、王禎和的小說正在崛起，而白先勇的《孽子》也正在《現代文學》連載。全新的書寫族群誕生時，我正好在島上缺席。尤其在捧讀黃凡的《賴索》與《傷心城》之際，我好像被拒絕在台灣的家門之外。文學閱讀一直是我成長歲月的憑恃，如果我無法進入他們的小說世界，那種被排斥的感覺，比起被拒絕在國門之外還更讓我失落。世代交替的強烈感受，終於證明我是不折不扣的異鄉人。

有一個早上，我收到台灣朋友寄來蔡琴的錄音帶《最後一夜》，這位歌手於我也是非常陌生。那天晚上，孩子已經入睡，我獨自坐在書房貼著錄音機，聆聽蔡琴的歌聲。不知道為什麼，聽到最後的「紅燈將滅酒也醒／此刻該向它告別」，心頭不免湧上悲傷。不知道為什麼情緒特別激動，我才驚覺自己已經變成台灣的陌生人。那樣的歌聲，使我很想讓自己墮落一次。當年離開台灣時，是一九七四年秋天。聽到這首歌時，已經是一九九二年春天，我再也看不到時間盡頭自己年少的身影。聽到蔡琴的歌聲時，我已經陷入中年的境地。如果繼續留在海外，我這一生就完全錯過，錯過台灣歷史的起伏震盪。自己已經落入中年的深淵，似乎再也找不到任何救贖。那天晚上，獨自鎖在桌前，一直抱持未甘的心，整夜未眠。

那年六月，許信良隔洋打來長途電話。他的聲音我很熟悉，每次講到激動處，總會出現口吃。我以為發生什麼事情，原來是邀請我回到台灣。他在電話裡長話短說，民進黨可能會遭到國民黨解散。擔任黨主席的許信良，說出如此事態嚴重的話，讓我內心怵然一驚。他說，今年年底的立法院全面改選，民進黨必須跨過這一關，否則就會遭到解散的命運。在電話中，我詢問他擔任什麼職位。他說文宣部主任，又說年底這場選戰得票率必須要超過百分之三十，否則國民黨就要解散民進黨。這是非常荒謬的政治形勢，一個政黨可以解散另外一個政黨。問他原因是什麼？他說去年民進黨通過台獨黨綱，在國民大會代表選舉中全盤失利，只得到百分之二十三。這可能是非常淒慘的結果，也很有可能發生，畢竟民意都站在國民黨那邊。

當時國民黨主席李登輝的聲望非常高，尤其是他敦促萬年國代與立委退休，而且相當成功。國會全面改選，也是因應這個新的形勢。從國是會議到國會全面改選，似乎奠定了李登輝在黨內的地位。在那段時期，我對時事變化的嗅覺特別敏銳。一直覺得李登輝將是台灣歷史航向的重要指揮者，而且也將在國民黨內鞏固他自己的權力中心。站在一個制高點，李登輝一定是非常明白，他的政治地位在黨內黨外都已經鞏固下來。尤其他是台籍出身，從歷史角度來看，等於變成台灣民意的唯一寄託。

在越洋電話上與許信良的對話，讓我陷於天人交戰的困境。如果回到台灣，很有可能在家庭裡長期缺席。兩個孩子正在中學階段，可能是最需要父親陪伴的時候。當天也不敢與內人討論這件事情，希望能夠找到一個合理的切入點，得到她的諒解與支持。那天黃昏仍然照常在山路慢跑，發現道旁已經猖獗地迸放著加州罌粟花（California poppy）。小小的黃色花瓣，包圍著核心的深咖啡色花蕊，在陽光下自在搖曳著。在春夏交錯之際，尤其是在雨後，這種豔麗的花朵在山邊小路處處可以發現。每次慢跑將近一英里之後，我總會選擇在一棵樹下停下來。路的對面是一個基督教墳場，有時我會站在鐵絲網外面，觀察著那靜謐的墓碑。那不是荒涼的葬地，每過一段時期總會有新鮮的花朵，這裡那裡置放在碑前。看到那樣的景象，才知道那裡並不寂寞。屬於基督教的墳場，總是維持得相當乾淨。下過雨後的那幾天，我也發現有人採了路邊的罌粟花置放在碑前。

不能回到台灣的歲月裡，內心常常會升起毫無緣由的恐懼感。深怕自己死在海外，再也看不到故鄉的土地。如果不幸埋在加州的土地上，也許我會要求自己的孩子就摘取罌粟花來祭拜。那天黃昏我又站在鐵絲網外，看見幾位白人捧著罌粟花走進墳地。他們站在全新的墓碑前面，低首默默祈禱，整個周遭非常安靜。我看見幾個穿黑色西裝的年輕人，也捧著罌粟花站在碑前低首默禱。遠遠旁觀，並不覺得有任何哀傷的神情。他們安靜地默禱，安靜地送行，也安靜地離開。一切看來是那麼自然，那麼合理，又那麼心情平靜。站在鐵絲網的外面，我好像也在憑弔自己。在那時刻，我已經決定要回到台灣。

那天晚上，我一直掙扎著如何把這項決定讓妻知道。晚餐後洗碗時，我不經意提起許信良要我回去幫忙民進黨，那只是一個短暫的工作。那兩年一直在太平洋兩岸飛行，她似乎不以為意。大概也只能使用這種近乎隱瞞的方式，讓她得知我的決定。其實那是我最痛苦的時刻，即使用心如刀割來形容，也不足以概括我內心矛盾掙扎之一二。那天晚上輾轉反側，一直到天明也未曾好好休息。第二天在書房整理自己所有的稿件，許信良的電話又來了。他問我什麼時候回到台灣，我說正在請旅行社幫忙訂票。在電話另一端，他的語氣相當急迫，再三叮嚀不得改變原有的決定。那年即將迎接的選舉，是立法委員全面改選。如果再次失利，民進黨可能會遭到解散。畢竟那時的氛圍可以嗅出，民意都站在國民黨那一邊。

離開聖荷西的前一天晚上，我到兒子女兒的房間與他們說話。兩個孩子都知道我一直是支持台灣民主運動，已經讀高中的兒子顯然很可理解父親的決定。但是跟女兒講時，她似乎很難接受，眼神裡充滿了不諒解。那是我非常艱難的時刻，他們與我一直過著不斷遷徙的生活，從西雅圖到洛杉磯，又從洛杉磯到聖荷西。他們終於嘗到穩定生活的滋味，卻沒有想到他們的父親又要飛回台灣。向女兒說晚安時，我強烈感覺到她失落的神情。我只能在內心譴責自己，是一個非常不負責的父親。在掩門之際，我看見女兒刻意背對著我。身為父親，內心說有多難過就有多難過。

2

回到台北時，整個盆地非常炎熱。那時是七月末梢，可以感覺自己的皮膚簡直要燃燒起來。第二天到達民進黨中央黨部，我才知道那並不是正規的大樓，而是一個違章建築。整個辦公室位在一棟七樓公寓的頂樓，而且以鐵皮屋勉強蓋出來。從頂樓窗口可以看到建國北路的高架公路，車輛飛嘯而過的聲音都灌入了高樓的窗口。那樣的窘迫不堪環境，竟然是台灣最大反對黨的總部。從樓下坐電梯到樓頂，往往必須經過許多人家住戶。到達七樓後，又必須爬樓梯到黨部辦公室。如果不是親身見證，我無法相信在野黨的總部竟然是如此落魄。

一九八六年九月二十八日，在圓山飯店宣布成立反對黨時，似乎沒有人相信它可能存活下來。遠在海外時，總覺得那是一個劃時代的壯舉。如今到達歷史現場時，才知道這個黨無法與國民黨相互抗衡。

那天到達黨部，我先到主席辦公室報到，那是違章建築的另外一端。許信良已經坐在辦公室等待，他站起來開懷與我握手。在許多文字裡我常常這樣形容，他是一個無可救藥的樂觀主義者。他也曾經千方百計企圖回到台灣，第一次他從馬尼拉坐華航回到桃園機場，終於造成了相當有名的桃園機場事件。因為有太多的支持者湧到機場迎接他，卻造成周遭聯絡道的癱瘓。他後來又飛到福建，坐漁船偷渡回來，卻被海上警察攔截，那種歸鄉的意志特別強悍。那次被逮捕後，終於也遭到審判。在那段風雲撩亂的時期，反對黨的每位政治人物都穿越了不同途徑的劫難。相較於美麗島受難人的命運，許信良的曲折經歷似乎仍屬幸運。在辦公室他對我說的第一句話，便是明天開始上班。

第二天到達黨部辦公室時，台北的記者已經在那邊等待。包括電視與平面媒體，不約而同問起年底立委選舉的戰略。面對那麼多媒體記者，我一時不知所措。尤其是四五架電視攝影機朝著我時，似乎好像是在刑場面對著眾多槍枝。那時我只能匆匆回應，容許我沉澱一個星期，我再彙整一起回答。七月的台北彷彿整座城都在燃燒，坐在鐵皮屋的頂樓，更覺得自己內心已經焚燒起來。許信良帶著我去認識不同部門的主管，我才察覺整個頂樓到處都連接著辦公桌。那種窘迫的狀態，令人無法察覺這是一個正要崛起的反對黨。坐在頂樓俯望建國北路高架橋，更加可以感覺熙熙攘攘的這個城市，每個人的求生意志都特別強悍。遠從海外回來參加他們，只是多出了一個求生的靈魂，沒有人察覺這個陌生人的存在。

那時黨部的副祕書長是邱義仁，在洛杉磯主編《美麗島週報》之際，他曾經從芝加哥飛來報社打工。如今在台北重逢，彷彿度過不可思議的半生。後來有許多機會在黨部與他討論，因為他也負有年底選戰的責任。進入九月中旬之後，年底的選戰策略逐漸成形。所有文宣策略的進度，都必須向中常會報告。身為文宣部主任不僅必須出席，而且每次中常會結束時，必須舉行記者招待會。每次會議結束，文宣部必須以最快的速度寫成新聞稿，讓主席或祕書長可以正式宣布每週會議的結果。我到達中央黨部時，民進黨才成立四年。整個組織格局其實都還停留在未定狀態，文宣部能夠發言的範圍也還未確立下來。因為獲得主席許信良的信任，文宣部所做的任何發言總是得到他的背書。為了迎接年底的選戰，邱義仁被賦予任務與文宣部密切合作。

在違章建築的辦公室裡格局有限，迴旋的空間受到局限。那時台北媒體所有的記者總是擠在辦公室裡，希望能夠嗅聞到絲毫新聞消息。每次進入辦公室，記者立刻圍過來，希望能夠對任何突發事件發表談話。當時的電視媒體只有台視、華視、中視，龐大的攝影機總是占去許多空間。那時正處在媒體壟斷的時代，所有的報紙全部由國民黨控管。晚上八點檔卻從來不會播出民進黨的新聞，甚至有時候發表談話，電視記者也只是念乾稿，完全不准文宣部主任的聲音在電視轉播，而完全是由記者來主導。有一天在中常會結束後的記者會上，我對電視媒體發出強烈抗議。我譴責他們只是來奪取消息，卻不容觀眾聽到有關民進黨的新聞。一九九二年正要迎接立法院的全面改選，國民黨都已經全面開放媒體，卻還是緊緊控制電視新聞的播報。那次我終於還是發了脾氣，對著電視鏡頭說，你們不要以為自己永遠可以占據那個位置，有一天民進黨就要取代你們。

我深深相信那段公開談話，國民黨高層已經聽到。稍後的晚間新聞播報，民進黨消息確實增加了，但是念乾稿的習慣還未改過來。掌管新聞的單位似乎感到訝異，深深覺得這位黑名單人物態度相當強悍。為了迎接年底的全面改選，中常會特別成立選戰對策委員會，文宣部主任是當然的成員。為了迎接那場選戰，我計畫在平面媒體與電視媒體打出政黨廣告。我事先評估了預算，在中常會上提出報告。當中常委詢問文宣部需要多少經費時，我說大約一千萬左右，出席中常會的成員都露出瞠目結舌的表情。其中有一位說，我們這麼窮的政黨，無法應付這樣的預算。許信良主席終於站起來為我解圍，他說年底的選舉非同尋常，文宣部的廣告預算我想辦法解決。因為有主席的背書，那項預算終於順利通過。

中常會結束時，副祕書長邱義仁也被賦予督導的任務，開始與我密切合作。從芝加哥大學回來的他，其實也看過我在洛杉磯時期的艱辛狀態。因為兩人的年齡相當接近，在合作過程中相當愉快。我們開始尋找可以合作的廣告公司，也一起構思即將到來的選戰策略。那是我第一次感受到政黨工作的艱辛，完全沒有下班的時間，也完全沒有任何支援的人員。如何在有限的資源裡，構思最有效的對策，我們都感到非常的苦惱。那時國民黨高層不斷散布消息，隨時都可因為台獨黨綱而解散民進黨。那是我回到台灣以後最艱辛的時刻，處在勝負未定的局面裡，每天都強烈感覺到一個看不見的重量壓在背脊上。我與邱義仁似乎取得共識，只要找到文宣口號，整個戰略目標就會顯現出來。畢竟戰場的勁敵是一匹巨大的怪獸，整個局面顯示這是一個小蝦米對大鯨魚的形勢。那段時期幾乎每天晚上失眠，簡直無法排遣揮之不去的壓力。正是在那樣的時刻，我真實感覺自己正式回到台灣了。

二〇一九年五月十四日 政大台文所

一九九二年秋天

1

傾盆大雨總是在夏日午後驟然降臨，這是我熟悉的海島型氣候。坐在鐵皮屋下的辦公桌，整個屋頂彷彿是機關槍掃射那般，頗具戰鬥氛圍。往往是過了午後不久，外面到處都是燦爛的陽光。從窗口探望，可以看見建國北路上的汽車飛馳過去。內心總是對那些在路上奔走的工作者感到敬佩，他們不分晴雨、不分冷熱，總是那樣拚命工作。這樣一個小小海島，能夠屹立在亞細亞大陸的旁邊，絕對有它不可輕侮的因素。台灣社會正處在轉型狀態，那種上升的趨勢，即使陌生如我也能深深感受。終於勇敢承接這項艱苦的工作，絕對不是我個人單獨決定。歷史洪流轟然襲來時，只能選擇涉身投入。在內心我深深知道，自己是時間感非常強烈的書寫者。外在現實的任何波動，往往都能深深感受。如今終於回到歷史現場，而且可以找到一個位置與國民黨直接對抗，就更加不可能輕言放棄。這份工作性質完全沒有下班的時間，只要進入辦公室，戰鬥便立即展開。

屋頂上緊湊打擊的雨聲，簡直不是敲邊鼓，而是在血脈裡一陣又一陣擊打著。那正是我心情的寫照，總覺得那關鍵時刻稍縱即逝。迎接選戰最關鍵的工作，便是如何訂下主調。更精確來說，到底要如何打出選戰口號，只要確立下來，整個選戰主軸也就跟著決定。那年從夏天到秋天，邱義仁與我總是定期開會。秋天的台北還是非常炎熱，只有到黃昏時晚風吹來，帶著一絲涼意。總是選擇在黃昏時刻走出鐵皮屋的辦公室，瞭望整個城市高樓的天際線。這仍然是陌生的城市，高樓陰影下的每個十字路口，總是壅塞著轎車、計程車、公共汽車、摩托車、腳踏車，甚至夾雜著龐大的貨車。有時不敢相信這是亞洲四小龍的首善都市，那種混亂狀態總是讓人產生錯覺，彷彿是第三世界的城市。交通警察似乎無可奈何，也不知道如何維持秩序。不僅如此，每輛車子都在按喇叭，市聲從樓底傳到樓頂，不絕於耳。第一次看到那樣的景象，完全不知所措，最後只能忍受它、習慣它、接納它。能夠以平常心看待如此亂象時，我終於也變成一個台北市民。

有一天早上，邱義仁來到我辦公室，告訴我他已經有一個方案。為了避開記者的耳目，我們回到他的辦公室閉門討論。那時李登輝擔任總統，為了平息軍方的不滿，特別任命郝柏村擔任行政院長。李登輝是平民出身，國民黨內的保守派一直無法接納他。許多人都明白，提拔郝柏村其實是為了維持權力平衡。這是一個險招，卻發揮了正面作用。國民黨內權力鬥爭似乎暫時平息下來，卻反而引起社會大眾的不滿。在闢室密談之際，邱義仁說，郝柏村也許就是文宣的最好切入點。當時構思選舉策略，可以說絞盡腦汁。如今郝柏村突然變成文宣策略的重點，也立刻打開了我的想像力。

人生的起伏變化，絕對無法事先預知。跨過中年之後，終於涉入政治波濤裡。這條道路從來都不是在自己的規畫之中，也從來不曾浮現在人生的地平線上。在天空裡的什麼地方，一定有一尊命運之神，從天上關照人間，為地球上的每一個弱小生命安排好道路。表面上是自己追求，事實上是命中注定。雖然內心告訴自己那是自主的選擇，冥冥中卻有一股力量隱隱支配著。無論是命運安排或自主追尋，終於到達一九九二年秋天時，浮在眼前的道路已經看得非常明白。那是一場勝負成敗的決戰，不僅是民進黨與國民黨之間的對決，也是我與自己流亡生命的決裂。從來都不知道能夠到達人生道路的這一點，究竟是到此為止或順利跨過，一切都在未定之天。那是返台後最焦慮的階段，彷彿自己陷入一場博弈那樣，勝負未明，輸贏未決。

有一天下午，邱義仁再次與我進行一次閉門會議。他覺得年底選舉的形勢對民進黨不一定有利，尤其是李登輝擔任總統又兼任國民黨主席，似乎他所領導的國民黨占盡優勢。他的看法是對的，在那之前我才出版一本政論《李登輝情結》，正好可以道盡真實的情況。被壓抑許久的台灣社會，終於有一位台籍政治領袖擔任總統。一般百姓投給他的冀望，可以說相當高漲。李登輝本身就是選票的吸納機，民進黨並不可能與他相提並論。整個選戰目標應該避開與李登輝競爭，而應該把重心放在行政院長郝柏村。那個下午，兩人之間就獲得默契。就在那個時刻，終於明白所謂文宣工作是什麼，所謂選戰又是什麼。縱然曾經在海外政治運動翻滾過，卻從未明白如何把自己的理念推銷出去。文宣工作正是要透過簡潔有力的方式推廣，爭取選民的認同。能夠那樣理解時，才真正感受到自己已經回到戰場，也感受到選戰的輸贏是什麼。

那時的節奏感不斷加快，也慢慢覺得自己可以勝任這份工作。節奏感，就像是一種手感，在舉手投足之間可以相當順暢融入周遭氣氛。每當下午進入辦公室時，一群記者立刻圍過來，希望能夠知道文宣部對於年底選戰的策略是什麼。晚秋的台北依然是豔陽高照，總覺得自己在什麼時候什麼地方會突然蒸發掉。身為黨的發言人，每天必須穿著西裝，未敢有任何懈怠。

政壇的任何風吹草動，隨時都要保持敏銳的警覺。每一個週三下午，就是民進黨中常會召開的時候。身為黨的發言人，必須列席報告，同時也要把整個會議過程做出紀錄。所以在會議進行之際，必須不時做筆記。會議一旦結束，便立刻舉行記者招待會。這時文宣部已經準備好一份發言稿，發放給在場的記者。

民進黨的政治生態相當複雜，因為不同派系的代表，都屬於中常委的其中一員。坐在會場裡，彷彿置身在江湖之中。他們彼此之間的恩仇，只有聆聽個別發言時才能慢慢嗅出其中味道。中常會人數大約維持在十一位左右，卻包括了黨內不同派系：美麗島、正義連線、福利國、新潮流。這種組合，等於反映了黨內派系構造。每次會議必然發生意見相左的局面，那種對峙狀態，往往使文宣部整個神經緊繃。有時在爭論之際，不時出現拍桌叫罵，甚至蓄意製造爭端。那種場面令人感到驚心動魄，背脊冷汗直流。靜靜坐在會議室的一角，才終於覺悟歷史現場並非想像那麼平靜。遠在海外，往往對這個政黨充滿敬意，也懷抱憧憬；甚至有時還帶著一種愧疚感，總覺得自己必須回到歷史現場。一旦在現場列席時，從前的憧憬與嚮往悉數煙消雲散。

身為文宣部主任，總是在中常會結束時立刻舉行記者招待會，把新聞稿發給在場每位記者，歡迎他們提問。每位記者總是具有敏銳的鼻子，喜歡提問新聞稿以外的議題。特別是中常會進行時的辯論與吵架，往往歸根究柢問下去。身為文宣部主任，只能選擇以淡化的方式回答。那時才慢慢覺悟，文宣部主任是黨內發言最多的人，卻也是最沒有言論自由的人。為了年底選戰，就必須委屈求全。民進黨選擇在每星期三下午召開中常會，其實都在因應國民黨的政策變化。週三早上國民黨中常會召開結束，當天下午民進黨一方面討論自己內部議題，一方面也因應國民黨所做的結論。如果從文宣部的位子抽身出來，我應該坦白承認，台灣社會最聰明的頭腦，都在民進黨中常會裡出現。

2

過了秋天之後，緊張氣氛逐漸圍攏過來。進入十一月時，整個選戰策略終於揭開。文宣部提出「三反三要」的口號：反軍權、反特權、反金權；要減稅、要直選、要主權。文宣的基調訂出來之後，整個中央黨部的宣傳策略便次第推出。置身在戰場裡面，似乎可以察覺自己的人格也在轉變。在海外時期所寫的政論總是寫得非常乾淨，因為是置身於戰場之外，對於政治生態的理解彷彿是採取旁觀的態度。這也是為什麼有一位讀者曾經來到黨部對我直言，指出我的政論文字只看見黑白，沒有看見彩色繽紛。那位讀者確實點出我的盲點，總是在觀察之際把台灣社會扁平化了。終於投身在車水馬龍的台北市區，也終於進入了反對黨的總部，才終於明白自己是如何以淨化的眼睛看待台灣。即使毋需檢討國民黨，只要觀察民進黨內部的權力角逐，就一切都明白了。

那時還未進入網路時代，所有的訊息都來自平面報紙，也來自國民黨所控制的三個電視台。閱讀報紙是每天晨起必須做的工作，而三個官方電視台完全不容許民進黨的訊息出現。那時文宣部所配置的人員只有兩名，我開始要求他們每天都必須做剪報的工作，分門別類歸入檔案夾。這是我當年從事歷史研究的基本要求，凡屬相關的人物與議題逐日放在一起，那是我回到台灣後重修的功課。晚間則認真收看三個電視台的報導，必要時就做一點筆記。那大概是有生以來最認真閱讀報紙的時期，無論媒體如何偏頗、如何對待民進黨不公平，至少從那些資料可以窺探國民黨的權力運作。

那年秋天來得不早不晚，進入九月下旬時，可以感覺空氣中傳來一絲涼意。為了了解各地競選總部的狀況，許主席要求我南下去觀察地方選情。非常難忘的一個景象是，我們驅車離開彰化，終於跨越濁水溪。那時已近黃昏，天地蒼茫，欲雨未雨，迎面而來是一片廣闊的稻田。那時已近秋收，稻穗非常飽滿。穀粒飽滿地下垂，在風中微晃，似乎在搖曳一首豐收之歌。那是我生命中第一次迎接農村的豐收季節，內心的感動幾乎無法自持。風從濁水溪吹襲過來，立刻飄起一陣稻浪。那種波紋從遠處一路起伏過來，那彷彿是一種迎接的儀式。那是屬於台灣特有的秋天風景，站在路旁內心激動不已。我似乎感覺淚水流下我的臉頰，定定站在那裡。衣袖在風中飄動，那恰恰是我無法靜止下來的心情。望向中央山脈，發現在烏雲之間露出幾個峰頂，那安詳無憂的風景，彷彿重新定義我的生命。

我重新走過台灣的土地，那時決定轉往海線去觀察。雲林是屬於蘇洪月嬌的選區，她的競選總部在虎尾，但是在雲林境內的其他小鎮也設立競選辦公室。我們決定走六十一號省道，經過麥寮時車子停在路邊，走到對面一個小小的麵攤。那是我第一次到達這裡，周遭風景似乎有些荒涼。麵攤主人是一位有著風霜面容的婦女，她非常親切以台語招呼我們。那竟是無法忘懷的記憶，在那時刻才深深感覺到什麼是接地氣。過去在出國前，也未曾旅行到如此偏僻的鄉鎮。如果沒有為了文宣工作出來了解，大概這輩子就只是路過，而沒有任何機會停留。雲林似乎一直被劃為貧窮的縣分，並非是在縱貫道路上，往往被地方行政者輕易忽略。坐在麵攤前面卻可以感受鄉間的溫暖，我後來再去造訪，已經是十年以後的事。

沿路往南奔馳的心情，彷彿帶著一種無可言喻的贖罪。重新走過台灣的土地，似乎也是在讓自己溫習這小小島嶼的多樣文化。這趟南下之旅，也讓我有機會順道抵達南鯤鯓的鹽分地帶文學營。曾經在聖荷西的桌前閱讀葉石濤、鍾肇政合編的《光復前台灣文學選集》，最後四冊是殖民地時期的新詩作品。第一次接觸吳新榮、郭水潭的作品，才知道他們堅持抒情風格之餘，也在詩行裡面注入左派的思維方式。讀他們樸素的作品，隱約可以感覺不僅有土地之愛，而且處處暗藏批判力道。那時就已經對自己許諾，如果有一天回到自己的海島，一定要前往鹽分地帶去朝聖。這樣的願望終於在為民進黨奔走之際而了卻一樁心願。

抵達南鯤鯓廟前面的廣場時，才知道那是香火鼎盛的一個聖地。所謂鯤鯓，其實是指台灣西海岸浮現的沙洲。因為海島的西邊一直是屬於上升海岸，每當退潮時總會讓出一大片沙灘。從前的先民偷渡來台時，看到多重沙岸浮現之際，總覺得那是若隱若現的魚鰭。有太多漁民搶先渡岸，雙腳卻陷入深深的沙岸裡，終於無法自拔。潮水回來時紛紛被淹死在海裡，那種渡台悲歌曾經是台灣移民史最慘烈的一幕。南鯤鯓廟也是建築在浮起的沙岸上，為的是要讓漁民、移民獲得保護庇佑。站在廟庭前的高大牌樓下，頓時讓自己覺得非常渺小。慢慢走進那華麗燦爛的廟宇時，整個心情都謙卑下來。

縱然已經步入秋天，南台灣還是非常炎熱。尤其在濱海的南鯤鯓，在陽光下簡直無法遁逃。在生命版圖上，鹽分地帶的造訪於我是一個里程碑。那不僅銜接了我的鄉愁，而且也開啟了我未來的文學嚮往。在聖荷西曾經完成一篇論文，題目是「先人之血，土地之花」，便是我當初認識鹽分地帶文學的習作。那也是我投入台灣文學研究最初的勞作，從那篇文字出發，彷彿覺得自己正要朝向正在浮起的地平線。在那時刻，那地平線不再那麼遙遠，而是我抵達那裡。走入深層的廟宇裡，有一種肅然之氣環繞全身。沒有任何理由，自然而然就謙卑下來。站在王爺神像前，我暗自在內心稟告，流浪的孩子回來了，請王爺保佑。

那是我無法忘懷的一九九二年秋天，海島四季永遠保持穩定的氣候，與北美新大陸的季節全然不同。站在沙岸邊瞭望台灣海峽，只為了確認自己就是屬於台灣。那段時期吳新榮全集、郭水潭全集都還未出版，只能捧讀羊子喬、黃勁連編輯的《鹽分地帶文學選集》。那年秋天似乎是一個重要暗示，意味著一條漫長的旅途在眼前展開。曾經在聖荷西的書窗下暗自發誓，如果能夠回到自己的海島，希望可以寫出一部屬於台灣的文學史。離開南鯤鯓時，再次回望那壯麗的廟前牌樓，內心所暗藏的誓願又再次鮮明浮現出來。在南台灣的公路上奔馳時，簡直是以自己的生命與自己的魂魄，去體會夏天的溫度。看見自己肌膚上纖毛滲出的汗珠，我向自己宣告，再也不要離開台灣的土地。

二〇一九年六月十七日 政大台文所

向夕陽奔馳而去

1

一九九二年冬天選戰之前，似乎可以感受烏雲密布的氛圍。當謎底還未揭開之前，可以發現電視媒體與平面報紙都在預測選戰的結果。到達十一月時，選戰策略大致底定，只要依照既定的方向去執行，大約可以等待揭曉。那時感到非常苦惱的是，電視媒體始終都在抵制民進黨的競選廣告。每個夜晚的黃金時段，國民黨的廣告全部滿檔。台視、華視、中視全部屬於國民黨所掌控，凡涉及民進黨的訊息都全部封鎖。從秋天到冬天，時間似乎非常緩慢。總覺得有一股低氣壓盤旋在我頭頂，內心有一股鬱悶無法舒展。那種苦悶是因為深深覺得，民進黨的資源完全無法與國民黨相提並論。那時媒體往往有一種描述，點出那場選戰是大鯨魚對付小蝦米。那年城市的天空總是烏雲密布，很難得看見晴朗天氣。而那樣的氣候，也正籠罩在我內心深處。

稍後我向黨主席許信良提議，是否可以直接到國民黨中央黨部交涉。許主席覺得似乎可行，而且也可以藉由談判的行動為民進黨打廣告。經過雙方再三商討之後，國民黨中央黨部終於有了回應。那年國民黨祕書長是宋楚瑜，他與許信良之間似乎有瑜亮情結。一九七七年的桃園縣長選舉，國民黨提名的歐憲瑜便是與許信良角逐。整個選戰背後完全由吳伯雄操盤，在文宣傳單裡指控許信良是國民黨叛將。那年雙方的決戰點是在中壢，國民黨驟然終止開票。這項舉動引起桃園縣民的不滿，而終於發生群眾暴動，燒毀了一個警察局。中壢事件的爆發，牽動了整個選舉的勝負。直到進入深夜之後，許信良才篤定宣布當選。如今又過了十五年，海外流亡歸來的許信良，再次與國民黨對決。

國民黨中央黨部正好面對總統府，那幢建築原來屬於日本人所遺留下來的紅十字會，戰後被接收成為國民黨中央黨部。民進黨主席前往國民黨辦公室拜訪，本身就是一個事件。當時的目的，是希望電視可以播出民進黨廣告。許主席與我到達時，才知道那是屬於日本建築。圍牆內座落著古典瓦舍，似乎門禁森嚴。台北的電視、報紙記者，緊緊跟著我們一行走進去。

這可能是建黨以來的重大事件，一邊是鎮壓者，一邊是反抗者。似乎兩黨從未有過如此正面接觸，對台北政壇而言，應該是罕見的一次突破。

許信良與我，以及幾位黨部隨行人員，就被引導進入黨部的會客室。我們坐下之際，鎂光燈便此起彼落閃爍著。大約十餘分鐘之後，黨內隨行人員出現在門口。在那時刻，兩位政敵終於伸手相握。於我而言，那是歷史鏡頭，畢竟那個場景足以解釋許多故事。走進來的是國民黨文傳會主任祝基瀅，那時在媒體上兩人已經交鋒數次，終於第一次在他們黨部見面了。我的心情非常平靜，首先由主席許信良發言，希望國民黨媒體可以接受民進黨的廣告。在會談過程中，可以發現國民黨內的階級分明，說話還是要依照長幼有序的倫理。民進黨在許信良的領導下，容許黨工可以隨時發言，甚至還可以提出個人意見。如此貼近國民黨的權力中心，似乎感覺如神話一般，勾起我內在的情緒特別複雜。

這個黨中央管控台灣的言論自由，壟斷所有的國家機器，甚至坐擁龐大的黨產。我在海外之所以淪為黑名單，便是由這個顢頇的黨機器所決定。我跨進門禁的那個時刻，強烈感覺到時代已經全盤改變。那樣的改變能夠發生，依賴了多少人的犧牲，付出了多少人的自由代價，甚至還犧牲無數的性命。我被時代推到最前端，完全沒有任何膽怯。當我提出要在電視上播出政黨廣告，祝基瀅還搬出新聞規範的條例，必須經過修改才有可能在電視播放廣告。

這是我親眼看到的國民黨嘴臉，法律都是由國民黨訂定，立法院也完全是由國民黨控制，干涉言論自由也完全是由國民黨執行。許信良坐在那裡沉默不語，由我對祝基瀅發言。我說，法律當然都已經規定好了，但是今天來拜訪，希望能夠完成黨對黨的協商。

祝基瀅在舉止之間，感覺他頗具手腕。在國民黨內部能夠到達那樣重要的位置，想必也經過了太多的權力較勁。那是一場沒有結果的拜訪，離開那裡時頗覺惆悵。在那場選戰裡，民進黨被限制在報紙的平面廣告。記得當時許信良說，這是台灣第一次開放立委全民選舉，許多思維方式不應該停留在一黨獨大的階段。如此壟斷媒體，與戒嚴時期有什麼兩樣？第二天到達辦公室時，已經有記者與電視台在黨部等待。他們說，國民黨同意民進黨在電視上可以播出政黨廣告，時間是三十秒。聽到這個消息時，我一時之間不知道如何回應。在那時刻，我非常明白民進黨的努力終於沒有白費。

剩下來的，便是必須思考如何應用這三十秒來推出廣告，如何把反軍權、反特權、反金權的概念轉化成影像。從一九八七年建黨以來，這是第一次在電視上播出民進黨廣告。承擔這項任務時，一直覺得那是歷史的突破。而如何付諸實踐，又是另外一項挑戰。那年的秋天似乎非常燥熱，陽光一直燃燒到十一月初，久久不退。為了迎接那場關鍵的選舉，似乎已經沒有下班時間。邱義仁與我總是關在冷氣房裡，與廣告公司進行漫長的討論。許信良似乎也意識到這場選戰的意義，他非常努力在外面積極募款。畢竟民進黨中央能夠提供的預算相當有限，只容許投入陸軍戰，無法應付空軍戰。我們決定除了在所有報紙頭版刊出廣告，也準備在台視、華視、中視推出影像廣告。

三十秒的廣告，在電視上稍縱即逝，卻是台灣史上的罕見事件。從一九八六年建黨以來，民進黨一直遭受到媒體的汙名與醜化。在國民黨所控制的所有媒體，包括報紙與電視，從未出現過正面的形象。如何在選舉期間打出正面廣告，而且是在短暫的三十秒裡呈現，確實是難以承擔的任務。經過一個星期的苦思，才與廣告公司取得共識。雙方決定拍攝一支政黨形象的影片，另外拍攝一支競選口號的影片。彷彿是在製造祕密武器那般，絕對不容許記者獲得任何信息。我與邱義仁都選擇在下班之後，分別前往攝影現場。到達攝影棚時，才發現那是一座巨大的空屋。外面停車場一片漆黑，工作人員引導我們進入屋內。我們才訝異發現，所有布景已經擺設好，而且大約有十位左右的兒童也在現場。

在我們到達之前，那些可愛的兒童其實已經演練好幾次。每位學童的小手都握著一把澆水壺，都站在綠色的園圃旁邊。矮矮的樹叢之間，就是孩童澆水的走道。攝影機懸掛在天花板上，鏡頭垂直對著底下的花圃。站在旁邊觀看，並不知道花圃的圖案。導演喊出開麥拉之後，可愛的學童便開始在綠樹之間澆水。旁邊的電視螢幕映現出來時，才察覺那是民進黨黨旗。四塊綠圃在四個角落，中間是台灣島嶼的形象。觀看時才終於明白，這是民進黨的第一支政黨形象廣告。在此之前，這個在野黨從來沒有機會上過電視。在拍攝的現場，深深覺得那是非常巧思的構想，讓觀眾可以看到這個政黨充滿了生命力，而且也並不那麼政治。那些辛苦的孩子澆水之後又重新再來，我終於明白短短三十秒的廣告，竟必須如此曠日時久才能完成。這支短短的影片，讓我對文宣工作產生無比信心。

2

電視上的民進黨廣告播出時，使當時的許多選民感到訝然。畢竟長期以來的電視畫面，清一色由國民黨壟斷。那時的第四台全部屬於國民黨所擁有，竟然播出反對黨的宣傳。據說當時電視台受到藍色選民的抨擊，抗議民進黨廣告擾亂了他們的生活。我很明白那種抗議背後的思維方式，當他們習慣被國民黨洗腦，整個視野就容不下民進黨的存在。他們從來不知道，自己長期被國民黨綁架，使他們喪失了選擇與判斷的能力。這也說明為什麼黨機器可以控制民心如此之久，距離解嚴時代都已經超過五年了，觀眾還停留在戒嚴狀態。如果無法突破選民的心防，台灣政治生態似乎無法改變。相對於國民黨的選舉廣告，民進黨只能久久出現一次。那是一場小蝦米與大鯨魚的對決，勝選的機率非常渺小。距離投票日子越來越近時，文宣部開始陸續收到選民的來信。其中竟然有國民黨支持者給予鼓勵，他們對於黨的長期壟斷也開始產生不耐。

這是一種改變的跡象，選民的政治信仰並非無可改變。文宣部所接收到的信息，可能比社會現狀還更加敏銳。如果基本盤開始出現鬆動現象，那些藍色支持者的來信顯然是重要信號。進入十二月後，每個選區開始出現一些活潑跡象。許多參選人的競選總部陸續收到藍色支持者的資助，他們透過不具名的捐款來表達支持。進入競選的最後一個星期時，文宣部收到支持者的來信更加頻繁。每天早上進入辦公室時，助理總會給我一些新的資料。來電表達支持的選民越來越多，其實對於選舉生態仍然生疏的我，也可以感受到政治版塊的挪動。在主席辦公室與許信良討論選情時，可以發現他緊鎖的眉頭逐漸鬆開。他給我最大的鼓勵是，可以再去做更多的平面廣告，表示他願意更加積極去募款。

在投票前三天，許信良特別主持選舉會報。他召集組織部、婦女部、文宣部、國際事務部的主任，密集在主席辦公室開會。那時的會報似乎已經嗅出一些活潑的跡象，許多地方的候選人也感受到支持力量逐漸上升。到十二月十九號投票那天，政黨活動全部停止下來。我在投票所現場聽到選民之間的談話，可以感覺選民的傾向。黃昏五點之後各部會主任都進駐在黨中央，開始等待投票結果。文宣部負責在會議室貼出各地候選人名字的海報，準備計算票數。彷彿是備戰狀態那樣，每位工作人員都緊繃著神情。那是我生命中第一次在如此重要的歷史現場，有一股緊繃的氛圍流動在格局有限的空間。各部會主任都坐在現場，一方面接電話聆聽各地開票現場狀況，一方面也注視電視的巨幅螢幕。每個人都在計算票數，而我當然不能置身事外。

那段計票時間，可能是我生命中相當艱難的時刻。據說中央黨部從來沒有飛揚著歡呼的聲音，那天夜晚顯然就完全不一樣。許多未被規畫是當選者，在選票揭曉時竟然宣布當選。接近九點時，開票結果逐漸底定。民進黨候選人的得票率竟然高達百分之三十一點零三，獲得席次高達五十一位。那是建黨以來所獲得最高票數的一次。一個被認為即將遭到解散的反對黨，瞬間升格成為報紙所宣稱是未來可能的執政黨。坐在會議室裡我久久說不出一句話，因為不太相信能夠獲得如此佳績。相對於國民黨所獲得的一百零二席，民進黨的選戰打得非常漂亮。我靜靜坐在辦公室的角落，正在思考如何回應記者可能的提問。

晚上八點左右，許信良召開記者招待會。我坐在他的旁邊，幾乎可以感受到主席的亢奮身段。一時之間我無法整理自己的情緒，只是思考如何回應記者的提問。一個長期遭到媒體醜化、汙名化的反對黨，驟然升格為未來可能執政的黨。如何找到恰當的語言來回答，我坐在那裡苦思許久，我決定讓許信良主席來回答所有的提問。也許在第二天面對記者時，才有更清楚的答案吧。許信良把選戰策略的思考完全歸功於我，但我很明白，許信良在私下確實窮盡了選戰策略之能事。跨過那場選舉結果之後，民進黨一切都變得不一樣了。

第二天早上瀏覽所有的報紙，報導中有不少人說，民進黨在不久的未來極有可能升格成為執政黨。那樣的預測與我內心的感覺其實相當一致，但我不敢那樣樂觀。至少民進黨已經脫離被解散的命運，而且也贏得國民黨一定的尊敬。我靜靜關在自己的辦公室，在內心與自己對話。我低聲問自己，如果民進黨持續保持上升狀態，是不是會走向從政道路。那樣的自我審問，近乎天人交戰的狀態。一個人的命運從來都不是由個人來決定，迢迢千里從海外回來參加民進黨，是因為我見證了這個政黨很有可能會被解散。一年以前民進黨因為通過台獨黨綱，竟然在國大代表選舉中獲得相當低的得票率，以至於國民黨揚言要解散在野政黨。如今這樣的危機已經度過，民進黨開始受到期待，篤定朝著執政的方向前進。

選舉結束時，開始進入冬季的十二月。那麼多年以後，第一次迎接海島的寒冬。那時才驚覺，迎面而來的風是那樣嚴酷。畢竟在海外停留許久之後，已經習慣室內的暖氣。室外與室內的溫度幾乎是一樣的，冰涼空氣從窗口的縫隙滲透進來，更加可以感覺那種冷。尤其在樓頭的違章建築鐵皮屋頂下，森嚴的寒氣四面包圍過來。在那迎接勝選的時刻，工作負擔反而更加沉重。下一年的秋天又將迎戰地方選舉，並沒有因為勝選而鬆懈下來。那時才慢慢覺悟，政黨工作根本不容許有休息時刻。

那時我決定驅車回到南部故鄉休息，我選擇走高速公路南下。在路上奔馳的那種快意，伴隨著錄音卡帶的美國鄉村歌曲旋律。那種節奏感，恍惚間又把我帶回加州高速公路的感覺。那是一種非常荒謬的懷舊，一個曾經遭受流亡苦痛的台灣人，竟然是借助鄉村音樂度過困難時期。海外十餘年的漂泊，其實已經積澱在生命的底層。在音樂節奏的敲打之下，往往讓自己不知道身在何處。車子在嘉南平原奔馳之際，我容許音樂以最大聲量吞食我。高速公路盡頭一顆火紅的夕陽坐在那裡，我很明白故鄉的方向就在那裡。那是我精神狀態最安穩的剎那，也是我思維流動最穩定的時刻。那夕陽餘暉似乎對著我低語說話，回來吧，孩子，你回來吧。我踩下油門，朝著夕陽的方向飛馳而去。

二〇一九年七月十七日 政大台文所

獨自面對沙鹿海岸

1

選舉的烽火硝煙飄散時，整個身軀彷彿是從戰場歸來，已經完全失去思考的能力。在蜿蜒的生命旅途上，總是有許多關口需要跨越。年輕時期的聯考，大學時期的各種考試，研究所時期的論文撰寫，留學前夕的語文檢定，幾乎都是在試探精神壓力的承受。每次檢定考試似乎就是一種另類的啟蒙，每跨過一個關口，看到的風景都全然不同。無論是錯肩而過或迎面襲來，無非都是在測試生命的高度與寬度。彷彿是跨過一座山林那樣，浮現在眼前的風景從此就改變。親身涉入了第一次立委的全面改選，才訝然發現那不是任何檢定考試能夠相提並論。那是一種意志抗衡，也是一種智慧對決，更是一場戰爭的成敗。在那之前所穿越的各種考驗，只要個人來承擔輸贏，並且也單獨咀嚼過程中的折磨。一場龐大的選舉，顯然不是過去任何考驗所能比擬。

我必須利用選戰後的假期回到加州，與別離將近半年的家人相聚。飛機到達舊金山灣時，海灣半島的燈光比起天上星光還要燦爛。那是我熟悉的風景，也是陪伴我將近十年的城市。機身在海灣上傾斜降落之際，望見一〇一高速公路上奔馳的車燈，那是我曾經非常熟悉的節奏感。那時已經接近聖誕節，從機艙的窗口俯望，似乎可以辨識許多住宅的前院已經有霓虹燈的裝飾。剎那之間，內心居然浮現返鄉的錯覺。如果他鄉可以變成故鄉，似乎可以推知自己曾經有過的漫長漂流。那樣的錯覺久久無法讓我釋懷，這一片燈光閃爍的土地，盤踞著我的生命竟然有如此之久。

回到家裡，發現兒子與女兒還未睡覺，他們都在等待我回家。離開才只有半年左右，兩個孩子似乎長高了許多，而且言語舉止似乎都比較成熟。兒子已經進入附近的社區高中，而且也加入學校的樂隊。女兒還在中學，不僅長高了，而且也有少女的模樣。時間是一隻看不見的手，總是趁我缺席的日子裡，偷偷改變孩子的容貌，也改造了各自的心靈狀態。參加樂隊的兒子說，他吹奏小喇叭，似乎與他幼年時期所學的鋼琴截然不同。那是需要巨大肺活量的樂器，縱然身體已經長高，我很懷疑他是否能勝任那樣的樂器。我也訝異發現，兒子對於爵士樂開始著迷。時間果然在每個生命裡偷偷動了手腳，彷彿經歷一場奇幻的旅程。我回到自己的書房，心情卻完全兩樣。

在寧靜的夜晚，獨自坐在書桌前，不免興起前生今世的錯覺。這張木造的書桌曾經陪伴我多少孤獨的日日夜夜，許多政論與散文都是在這張書桌完成。返台前所完成的《謝雪紅評傳》，更是折磨我長達四年。那是我進入中年以後的第一份勞作，也是改變我意識型態的一個重要轉折。那緩慢而孤寂的鍛鍊，把我帶入另外一個歲月階段。那樣的埋首書寫，必須以類風濕關節炎的手腕撐住。病痛的侵蝕，午夜時分的凌遲，終於讓我克服了心情的低沉與激盪。輕撫那發亮的桌面，竟是我前半生的生命禁地。望著玻璃窗外的午夜街道，所有的場景都沒有改變。真正改變的卻是自己內心的蒼老，那是返台之前我未曾有過的感覺。

對於自己的妻，反而懷有無盡的歉疚。她找到一份電腦工作，以微薄的薪水撐起這個家。終於隔了那麼久才回到加州，她還是要遵循自己的生活節奏。為了微薄的收入，她必須規律性地早起，為兩個孩子準備好早餐後，便驅車投入高速公路的車潮裡。坐在桌前，心情彷彿有些激動，也暗暗夾帶著一些自責。生命與生活總是以不完整的形式浮現，卻無法改變這一切。因為時差的關係，只能靜靜坐在那裡接受情緒的折磨與凌遲。走到玻璃窗口仰望，發現北斗星還是靜靜俯望著人間。那是我熟悉的微光，也是我人生最低時刻的象徵。想到此刻的台北，也想到激烈的選戰氛圍，我彷彿有一種抽身脫逃的幻覺。

最初決定回去台灣，其實是出自於個人的自私。希望能藉由民進黨的力量，來解決我個人黑名單的問題。藉由政黨工作的長期停留，才有足夠時間重新申請戶籍，也重新申請新的身分證。重新申請戶籍，是一項非常繁瑣的過程。必須回到原先的戶籍地址，所以必須回到左營取得戶口名簿。母親知道我要申請身分證，神情顯得非常開朗，她終於知道自己的孩子決心回到台灣。坐在聖荷西的深夜窗口，許多感覺又重新回來。只是內心情緒更加複雜衝突，總覺得自己在太平洋的兩岸互相拉扯。最初飛回台灣時，並未與孩子討論自己的去留。選擇在他們正要進入青春期的時刻，才決定回到台灣定居。回家與離家，彷彿在進行一場拔河。究竟哪一個海岸才是自己的歸屬，常常告訴自己，父母所在的地方就是故鄉。加州是孩子成長的地方，他們接受的教育、使用的語言、信仰的價值觀念，確實與我的生命截然不同。那種錯置感，於我越來越強烈。

我刻意選擇一個晚上，與兩個孩子討論自己的去留。那時坐在起居室裡，我與孩子提起內心的決定。兒子比較成熟，似乎能夠理解父親的心情。當我跟他說，我的人生理想是在台灣，必須回到故鄉才能具體實現。兒子保持沉默，卻不時點頭。女兒反而全然不解，突然冒出一句話：「我最需要爸爸的時候，為什麼你不在？」她的回應深深觸痛了我，讓我久久無言以對。看到她的眼睛含著淚水，我更是說不出任何一句話。開始要進入七年級的女兒，也將迎接她自己的青春時期。我竟選擇了缺席，在那時刻讓我久久無言，內心暗潮洶湧。那個時刻對我尤其困難，彷彿面對一個極其重大的抉擇。親情是一種命定的安排，無論如何都不能割捨。從來沒有一個時刻是如此矛盾而艱難，我終於被驅趕到命運的一個境地，必須面對魚與熊掌之間的抉擇。

望著女兒坐在沙發的另一端，她的淚水靜靜流下來。她所流露的神情，彷彿是面臨生命裡的一個斷崖。即使在二十餘年後的今天，回想那晚無言的時刻，內心底層仍然隱隱作痛。進入中年的我，終於發現自己創造了一個困境，完全找不到任何出口。比較成熟的兒子，也陪著他的妹妹流下淚水。在那時刻才察覺他們兄妹兩人，其實都同樣經歷了掙扎。生離死別是人生的大矛盾，永遠不可能有確切的出口。除了接受凌遲，而且是無窮無盡的凌遲，到今天仍然有一種痛，不時在靈魂深處發作。也許就在那個晚上，就在那個時刻，我這樣不負責任的父親，逼迫他們在一夜之間成熟長大了。那是永恆的痛，也是永恆的折磨。畢竟不可能讓生命重來一次，也不可能讓身為父親的我有任何贖罪的機會。那個晚上，在記憶裡是無可抹滅的晚上。我終於都明白了，人間的任何割捨，都不容許再重來一次。失去的，就永遠失去。

逝去的，就不可能再次歸來。

2

再次離開聖荷西時，有一種隱隱的痛在身體的什麼地方發作。兩位孩子與妻都一起送我到舊金山機場，內心非常清楚下次再回來時，孩子又將變成我不熟悉的模樣。似乎無法辨識清楚這樣的旅行，到底是離家還是回家。台灣是我父母的土地，而加州是我兩個孩子的故鄉。這種拉扯擺盪，每次飛機離地時就顯得非常刺痛。每次走進機艙時，坐在那密閉空間，總會錯覺自己就要進行一場太空旅行。彷彿是在星球與星球之間飛行，天地何其之大，我好像被一個星球放逐，又拋擲到另外一個星球。得不到任何安頓的心情，在廣大空間飛行之際，才深深感覺鄉愁的苦澀。因為找不到自我定位，就只能展開這樣的飄泊之旅。那時網際網路還未出現，最便捷的方式便是透過傳真。在無以排遣之際，也只能透過傳真來傳達苦痛的思念。

台灣不再只是我的故鄉而已，也是另一個生命的戰場。進入辦公室時，所有媒體記者已經在等待。他們並非探望我與家人相聚的情況，而是不斷追問年底地方選舉的策略是什麼。在政黨裡工作，永遠必須承擔選戰的輸贏。選戰獲勝時，功勞歸於所有的當選者。如果選輸時，文宣部就必須承擔勝敗責任。那是一個非常冷酷的場域，所有的情感都建立在勝敗輸贏之上。再次回到黨部時，地址已經搬到南京東路四段。那是非常窄小的高樓，主席與祕書長辦公室設在頂樓，而幕僚辦公室設在下面一層。那是一個辦公大樓，常常與其他公司行號的職員一起坐電梯。勝選之後的民進黨，經費似乎比從前充裕。從窗口俯望，就可以看見麥克阿瑟公路的起點。因為在黨部已經待上一年，也對於選務工作較為熟悉，整個心情就顯得比較從容。脫離了鐵皮屋的中央黨部，整個格局稍具氣象，但工作的忙碌卻反而加倍。為了年底的地方選舉，每天的工作節奏更加緊湊。

在日本領導台獨運動的許世楷先生，有意建立台灣文化主體的論述，便在台中成立了一個台灣文化學院。那是屬於民間組織，開授的課程包括台灣歷史、台灣文學、台灣政治。這個學院邀請中部大學的教授來兼課，遠在台北的我也接到許先生的邀請。在電話中，他希望我能夠開授台灣文學史的課程，每週六日下午就是我的授課時間。我會接受他的邀請，是因為在海外時期自己曾經寫過一篇〈是撰寫台灣文學史的時候了〉。那可能是我最早立下的誓願，也是我最初醞釀撰寫文學史的起點。一本文學史的誕生，其實是非常艱困的自我挑戰。在海外釀造出來的願望，終於在回到台灣之後才得以實現。

許世楷先生對我相當寬容，他刻意把課程排在週日早上，而週六下午則是在靜宜大學中文系開授「台灣文學史」。回到台灣以後，我慢慢為自己建立時間節奏感。每週結束黨務工作之後，便乘坐海線的平快到達沙鹿。那段旅程，往往是自我淘洗與自我沉澱的時刻。那時還未有高鐵，而特快車也未行駛在海線。長達三個小時的旅程，容許我有機會重新認識台灣。火車到達竹南時，便開始分成山線與海線。台鐵的車廂總是充滿了歷史記憶，座椅看來特別陳舊，而車上廁所也很不乾淨。在車廂與車廂之間的間隙，是兩塊重疊而搖晃的鐵板。站在那裡，往往有一種懷舊病襲來。幼年時期總是與父親一起坐著這樣的車廂北上，車廂鐵輪緊咬著鐵軌，不時傳出起落有致的節奏。那是我的鄉愁，也是我永遠回不去的童年。那漫長三個小時的旅程，彷彿讓已經逝去的歲月又重來一次。

車廂停靠竹南車站時，就知道不久可以望見台灣海峽的沙岸。那是上升的海岸，退潮時整片沙灘拉得特別長。尤其經過通霄時，我就聯想到七等生住在那裡。那段時期《沙河悲歌》已經出版，不知道為什麼覺得那個小鎮有一種親切感。火車繼續前行，停靠在大甲車站。在那時刻，總會情不自禁想起母親。大甲是她的故鄉，她少女時期的記憶都儲存在那個小鎮。總是在那時刻，內心充滿了莫名的感激。彷彿自己是化作母親的替身，再次來探望她故鄉的街景。海線的鐵道經過清水之後，就到達沙鹿那個小鎮。那是一個不一樣的車站，走出票口時，就是一個混亂而吵雜的市場。那是非常新鮮的感覺，過去那麼久的時間停留在海外，似乎已經習慣加州的生活秩序。那裡的都市規畫，總是把商業區與住宅區切割非常清楚。車站與菜市場混融在一起，讓我覺得納罕而稀奇。走過水果攤時，生怕自己的腳踝會碰到地上的火龍果，特別小心翼翼。

靜宜中文系的助教總是開車來接我，離開沙鹿車站時，道路便開始爬坡。望向窗外，台灣西部的海岸線逐漸浮現出來。從來未曾預見那片廣闊的沙灘，將是我日後徘徊之處。思念正在成長的兒子與女兒，我會選擇走到那片海岸，望著漸漸下沉的夕陽。我可以計算加州的時間，我很明白那輝煌的落日，不久就在加州升起。在加州居留了十餘年，整個西部海岸大約都曾經造訪過。那是不一樣的海岸，從西雅圖、波特蘭直奔洛杉磯的海岸公路，大約是我非常難忘的驅車經驗。那也是稀釋我的鄉愁的最佳療法，讓蔚藍的海水沖刷自己抑鬱的心情。如今奔馳在台灣的海線公路，風景截然不同，但內心的牽掛卻一直都在。

當時每個週六上課，教室還是坐滿了學生。每次上課前我總會準備好一份講義大綱，把短短兩個小時授課的內容羅列出來，而且也在大綱後面附有參考書目。那種授課方式逐漸變成長期的習慣，那份講義往往協助我參加許多學術會議，而且也轉化成為我後來撰寫文學史的其中一章。這種脾性的養成不只限於台灣文學史，稍後所開授的文學批評、殖民現代性研究專題，大約都是以這樣的方式慢慢構成一個體系。一個講義夾的檔案，就是未來一本專書的基礎。我對自己頗為清楚，終於回到學校時，半生已經過去。生命從來是深不可測，而命運更加充滿了變數。站在教室台前授課時，逐漸洗刷了我流亡時期的淒苦，也沉澱了我長期累積的憤懣。

如果要我形容這樣的過程，我會選擇救贖來自我定義。自我救贖完全毋需他求，而是回到自己的心境，進行過濾與沉澱的儀式。那是非常迂迴的道路，我終於可以換另外一種心情重新走過。每次到達沙鹿車站，總是會選擇獨自留在月台上，瞭望著沙鹿海岸。早上時刻海水都已經漲滿，尤其是背對著升起的陽光。藍色海水一望千里，那是台灣海峽最迷人的時刻。夕陽西下時，海水逐漸撤退，露出一片漫長的黑色海岸。豔紅落日在水上閃耀著奇異的光，有些夢幻，也有些浮泛。曾經有過漂流的感覺，似乎已經到達末端。獨自面對著沙鹿海岸，內心似乎有一股聲音浮上來，暗示著我這將是轉換跑道的時刻。在海外從事政治運動是何等漫長，回到台灣後又繼續陷入政黨工作。自己的年紀也已經到達四十八歲，能夠游刃的空間也逐漸壓縮。從政界回到學界，那是非常巨大的跨越。獨自面對著沙鹿海岸，隱隱感覺自己的生命正在轉彎。彷彿是潮起潮落，一切都由日月來安排。

二〇一九年八月十三日 政大台文所

重新出發的喜悅

1

有太多的終結與開始，在生命中的不同階段不時出現。坐在靜宜大學校園的高樓，可以瞭望沙鹿海岸的雲影。那時的空氣汙染還不太嚴重，海上飄過的雲總是歷歷在目。在窗口即使靜坐一個下午，海岸線的風雲變化都看得非常明白。經過那麼多的旅程，已經見證太多的政治風雲或情感風暴。只有坐在山頭瞭望海岸線的風景，可以感覺內心完全沉澱下來。橫跨過北美海岸，也橫越過浩瀚的太平洋，只有在校園瞭望台灣西部海岸線時，才覺得自己終結了相當疲憊的旅行。室內書櫥羅列著長期漂泊的書籍，它們靜靜坐在那裡，似乎我的心情也坐在那裡。內心底層有一個聲音隱隱升上來，告訴自己這是重新出發的時刻。尤其書架最上面一排全部是左派相關的書籍，彷彿在暗示我那是學術研究的原點。

身為中文系的講師，能夠迴旋的空間其實相當有限。那時我被指定要開授台灣文學史之際，內心一直保持著雀躍之情。畢竟那是我夢想的一門學科，遠在海外時期就已經立下誓願，如果可以回到台灣，這門學科就是我的追求。彷彿是重新做人那樣，一個全新的人格正在形塑中。涉入那陌生的水域，最初還找不到自己的方位。靜宜校園能夠收留我，便意味著這不再是可以輕易遭受干涉的空間，被檢查、被跟蹤、被監視的時光已經完全過去了。我毋需再借用筆名發表文字，在海外時期使用過的三十幾個筆名，從此便開始隱遁。以真實的姓名發表學術文章，總覺得自己的人生道路已經徹底刷新。

早晨校園的鐘聲響起時，我已經站在大樓的陽台上伸展我的軀體。背對著海岸線，我正迎接東方升起的太陽。陽光把我的身體影子拉得很長，那正是我晨操最美的時光。也是我人生裡再次正式出發的時刻，也是我規畫往後學術生涯的開始。仍然記得在教室裡提出「左翼文學」的名詞時，學生的眼睛裡似乎充滿了訝異。而我繼續提出「殖民地文學」時，他們更是覺得非常陌生。一位大學裡新進的講師，很難獲得學生的期待。在他們的求學生涯裡，左翼似乎是已經遭到汙名化的詞句。他們也從未聽到殖民地文學的稱號，最多只會說日治時期或日據時期。最初開授台灣文學史之際，我一直期待自己帶給學生新的觀念與新的思考。他們似乎都聽聞過賴和或楊逵的名字，卻不知道這些作家都擁有左派立場。台灣社會受到反共教育的控制已經太久了，甚至受到仇日思想的影響也太長了。我走入教室之初，就是希望給學生一次再啟蒙的機會。

那是我後半生漫長學術生涯的起點，也是我長期閱讀左翼書籍的一個實踐。半山上的晨光似乎特別眷顧我，把最熾熱的光線投射在我身上。汗水總是讓我淋漓盡致，一天的生命又再重新誕生。回到宿舍沖澡之後，我就走到研究室準備自己的講義。那時最初的研究室，其實是文學院裡的一間教室。與我共用研究室的另一位教授就是倪再沁，他的專長是台灣美術，而且自己也作畫。那是我在學院裡最初的美好記憶，因為在研究室裡，兩人往往展開美術與文學之間的對話。他擅長水墨畫，而且往往以豬為題材。他書架上頭掛了一幅自己的作品，五六隻豬先後羅列在一起交配。到今天印象還是非常深刻，他是大開大闔的人，總是不拘小節。那時他才結束了一場台灣美術的論戰，他說在強調台灣美術主體性時，偷偷用了許多我的論點。原來是他參考了我曾經編輯的《台灣意識論戰選集》，因為這個緣故，我才知道兩人的思考方式非常接近。

回到學界時，已經進入四十八歲，似乎覺得自己完全遲到了。時間的風，開始有些淒厲，以決絕之勢貼身壓迫，不容我有任何懈怠。季節已經進入秋天，校園裡有幾株楓樹逐漸轉紅。與北美洲的楓樹不太一樣，葉面看來似乎小一點。坐在研究室的角落，望著文學院中庭，心情無比寧靜。長達十餘年的海外流浪，又經歷三年的台灣政治運動，心情似乎特別衰老，完全疲憊不堪。這小小的學校，彷彿為我找到一個世外桃源，所有的風浪到這裡戛然而止，都隔絕在圍牆之外。我並非在逃避什麼，而是換個心情看待世界，也看待自己。夢想中的許多書寫工程已經延宕許久，似乎已經到了必須實現的時刻。有一個聲音不時縈繞著，中年心境再也無法容許作夢，而是應該化夢成真。上天為我創造一個寧靜角落，想必有祂強烈的暗示或啟示吧。

身為一名講師，只能順應中文系的要求，最初開授的兩門課程是：「台灣文學史」與「台灣文化概論」。這是在海外時期的夢想課程，當年並不知道台灣研究終於會變成顯學，那是我思想遠航旅途中的終極方位，是我撥雲見日追求中的一個精神出口。曾經以為夢想永遠只是夢想，太過遙遠也太過虛無。坐在研究室窗口，竟讓我覺得周圍是那麼不太真實。那時，決心要重新閱讀台灣作家的作品，而且不只是個別專書，凡屬作家的全集也要閱讀。

從前投入宋代歷史的研究，都是依賴線裝的善本書。那種木刻的文字，完全沒有逗點句點，只能在漫漶的字體之間搜尋。那種閱讀帶來太多苦澀滋味。如今轉向到現代文學領域，所有的宋體、楷體印刷，已經都能夠順暢閱讀。沒有經過那樣的閱讀，就不可能建構文學史的脈絡。台灣新文學的開展，應該始於殖民地時期的一九二〇年代。到今天，我還是深深感謝那時擁有的兩部文學選集，一部是李南衡主編的《台灣新文學選集》，一部是張良澤主編的《光復前台灣文學全集》。裡面所收的文學作品，都是我從前所未曾接觸。那些作家名字對我非常陌生，甚至帶給我一種異國情調的感覺。如果沒有閱讀葉石濤《台灣文學史綱》，可能更加使我的距離特別遙遠。

每次閱讀殖民地時代的作品，我好像涉入一片廣闊的陌生水域。如果熱愛文學如我，都會產生如此強烈的感覺，幾乎可以想像其他讀者可能會更畏怯吧。在靜宜大學的教室裡，我似乎也看見了那些惶恐的眼神。記得第一天進入教室時，我並沒有開始上課，而是詢問學生自己的故鄉。

那天下課前，我要求每位學生回去畫一張台灣地圖，並且標出自己的出生地，介紹鄉鎮或城市的特點。

他們從來沒有想到，上課的第一份作業竟是如此。如果他們對自己的出生地沒有感覺，就不可能對台灣文學有任何感覺吧。我正在重新出發，所以也邀請我的學生一起出發。看見他們面面相覷，神情似乎有點茫然。下課時，他們彼此交頭接耳，想必正在互相探問各自所來之處吧。那是我開授課程的起點，也是我學術生涯的起點。那好像是在整頓自己，也在調整自己的學術研究方向。重新出發的感覺，那麼陌生，卻又那麼新鮮。方向確認之後，便義無反顧跨出去了。

2

獨自坐在研究室裡，構思著生命裡的第一堂大學課程。雖然曾經來兼課過，卻非正式課程。有一股聲音在耳邊響起，似乎在告訴自己：可以朝向一本專書的撰寫為目標吧。那可能是最早萌起的念頭，有一些靈感來自葉老，卻有許多是從靈魂深處湧出。那時，市面流通的文學史專書，完全是來自中國。那些歷史書寫完全是配合北京的對台政策，幾乎每本書開頭兩句都是：「台灣是中國神聖不可分割的領土，台灣文學是中國文學的支流。」看到這樣的政治宣傳，覺得已經嚴重玷汙了台灣的前輩作家。

在教室裡，我禁止學生使用那些宣傳書，寧可推薦葉石濤先生的《台灣文學史綱》，作為他們的參考書。一九三〇年代的台灣，文學運動逐漸臻於成熟。他們所擁有的文學觀念，與同時期的中國作家無分軒輊。當時台北文壇的作家，有不少人是從東京留學歸來。正如中國左翼作家那樣，也是去日本留學。雙方的文學運動並不互相隸屬，而是各自在自己的社會分頭行動。從左翼思想來看，中國作家在一九三〇年代成立左翼聯盟。台灣作家在一九三四年也組織台灣文藝聯盟。沒有誰比誰遲到，如果從現代化觀點來看，台灣反而超前發展。在教室裡，我讓學生知道，台灣社會的時間觀念與衛生觀念已經成熟。島上發展出來的文學，便是以這樣的文化背景為基礎。

每堂課我一定準備講義大綱，讓學生知道這堂課的範圍。一堂課五十分鐘，每章使用兩堂課來講授。這樣的規律，成為我不同課程所遵守的原則。上學期講完殖民地時期的文學，下學期繼之以戰後文學發展，一直講到一九八〇年代。我很明白，這樣的授課方式，其實已經暗藏了一本專書的章節。

學術生涯與政治運動，是截然不同的領域。在政治場域只講求輸贏勝敗，但是在文學場域，卻是自我要求必須不斷累積，完全沒有任何勝負可言。這樣的覺悟，是自己在靜宜校園慢慢獲得的。那時的校長是李家同先生，他非常擔心我把政治帶來校園。後來聽說我對張愛玲的小說有些研究，便邀我到校長室談話。原來他是李鴻章的後代，與張愛玲有姻親關係。那是一次非常美好的見面，他承認自己也是張迷。離開他的辦公室之前，他為校刊向我約稿，寫一篇有關張愛玲小說的介紹。

我沒有爽約，過了兩個星期，便寫好一篇三千字短文〈從〈傾城之戀〉到《赤地之戀》〉，親自送到校長室給他。沒有想到他非常喜歡，從此便不時約我與他講話。靜宜大學校園的幅員並不很大，卻因為座落在山腰上，容許眺望遠方的縱深卻極遼闊。我常常坐在山腰坡道上，獨自咀嚼黃昏降臨的時刻。海岸線的落日極其輝煌壯觀，當整個天空呈現暗紅之際，稀有的反光投射在海面，寫出一日將盡的遲緩心情。那是屬於我一個人的風景，那是屬於我私房的氣象，再也沒有任何人可以干涉我。

有一個黃昏，夕陽正釋出最後輝煌的光。李校長走過來跟我招呼，他指著我身旁一株盛放的瘦長綠樹，一些白色小花靜靜綻放著。「你知道這是什麼花嗎？」我無法回答，他禁不住笑了。他問我〈傾城之戀〉的女主角叫什麼名字？我說是白流蘇，李校長終於笑出來：「對呀，這株綠樹的花，就是白流蘇。」那是我非常難忘的校園記憶，也是回到台灣後最美麗的季節。慢慢從緊張的政治空氣自我解放出來，我開始呼吸另外一種從容的氛圍。時間節奏彷彿都在自己的掌控，一種生活秩序也緩緩整頓起來。

為了開始準備台灣文學史，我讓自己的想像回溯到一九二〇年代。那是一種奇異的感覺，深受歷史訓練的我，第一次跨入陌生的台灣歷史版圖。台灣的空間距離我那麼近，卻在時間感覺上非常陌生。這是我第一次伸手觸摸自己完全不熟悉的疆界，彷彿那是遠方的一個國度。尤其在翻閱《台灣民報》之際，許多作家名字都是生命中的初遇。縱然在海外整理過《謝雪紅評傳》的相關史料，卻只是注意政治人物的動靜。回到校園時，我才真正回到文學。遙遠年代所釀造的文學想像，似乎與自己偏愛的文字藝術極其遙遠。

一切都要重新整頓，那也是心態的重大調整吧。那個早秋，是我開啟生命軌跡的全新起點。我頗知，台灣的學生不習慣在教室裡發問。我會邀請每堂教室的學生首先自我介紹，那成為我日後所有授課時的規矩。身為教授，也有義務自我介紹。互相認識彼此的位置之後，正式課程便立刻出發。我頗知自己是一位遲來的授課者，也是一位晚歸的研究者，只能更加謙卑面對自己的課程內容，也一樣謙卑面對陌生的學生。出發的感覺真是絕佳，彷彿可以看見前面展開一條迤邐長路，沿路都是陌生而動人的風景。

每次開始寫下一堂課的講義大綱，感覺自己就要踏入一個全新的景點。如果在備課時擁有那樣新鮮的感覺，我不禁在內心告訴自己，一定也要讓與學生分享同等分量的喜悅。每次講義大綱寫好時，我也附上參考書目。那時的台灣研究才出發不久，能夠參酌的相關書籍仍然有限。某些章節只能佐以政治運動的史料，那種教學方式反而使自己可以進行雙軌研究。這也是我後來在研究所授課時，總是與學生互相共勉，學問從來不是單一的累積，往往是雙重視野與雙重軌跡所形成。那種分享，自然與自己曾經受過的歷史訓練有密切關係。所有的人文學科，在我生命裡，其實都能夠彼此會通。那是一九九五年的秋天，山上校園不免有些涼意。亞熱帶的海島，終於進入最宜人的季節。

專注在學術工作時，也未曾放棄自己對文學的追求。那時，我持續在報紙寫專欄，一方面是政論，一方面是文學。因為已經離開政治活動，反而不再受到意識型態所拘束。閱讀的範圍不斷擴張，從那時開始，新書序文與書評也成為課餘的重要工作，閱讀與再閱讀的脾性與日俱增。那種規律的節奏，也逐漸融入每天的生活循環裡。那段時期，出版社總是來信邀請，如果寄來文學作品原稿，就是希望我寫序。如果是寄來新書，便是期待我寫書評。那些文字，慢慢累積成為我「夜讀」系列的專書。日夜循環的學術生活與閱讀習慣，就是在那山上校園漸漸累積起來。進入中年時期的生命，就這樣確立後半生的方向。海島的秋天正要降臨，我的中年時期也從此展開。

二〇一九年八月三日 加州貝爾蒙特

生命之秋

1

瘋狂閱讀，瘋狂研究，瘋狂書寫，大約是自己回到學界之後的寫照。靜宜大學校園座落在一個山坡地，教授研究室就在校園後面的較高處。雖然是屬於教授的研究大樓，卻不是很多人利用那個空間。我習慣站在樓梯間的窗口，遠眺海岸線的風景。常常有白雲遮蔽，或是火力發電廠的空氣汙染，整個視線常常受到影響。那裡是我心靈的安頓之處，容許自己可以享受孤獨的滋味。洶湧的情緒退潮時，正是豐富的想像開始敞開。學術研究生涯，便是不斷累積自己的文學詮釋，在原來的基礎上繼續開出新的格局。思考是一件非常神祕的事，總是會在既有的基礎上又展開新的想像。正式出版兩冊學術書籍後，我發現自己的研究取向，繼續跨入後現代與後殖民的版圖。彷彿有一股壓抑不住的湧泉，不時會噴發出來。

一九九八年初春，在研究室陷入苦思之際，突然接到系主任胡森永的電話。我可以清楚感覺他興奮的聲調：「陳老師，恭喜你，你升等教授通過了」。那彷彿是從天而降的聲音，讓我一時不知如何領受。坐在桌前，整個思考陷入混沌狀態。短短三年內，從講師、副教授到教授的過程，竟然讓我完全走完。我必須設法讓自己冷靜下來，學術志業畢竟是一場長途追逐。跨入教授這個門檻，只是一種資格認證而已。該做的研究，該寫的論文，仍然還是無窮無盡。我漫步走回中文系辦公室，寒風持續襲來，我可以感覺自己的身體在顫抖。走進系辦公室時，系主任與助教特別來迎接我，他們都向我恭喜。

對於學界的朋輩而言，升等成為教授是必經的歷程。而對我這樣在海外漂泊如許之久的浪子，似乎帶給我一絲希望的光芒。彷彿在茫茫海上漂流，已經離開最初出發的原點許久。轉換跑道回到學界，似乎有一種救贖的強烈暗示。面對系主任喜悅的笑容，我只能在內心低語向自己說話。從此就守住這座學術城堡，再也不會離開這條軌道，這並不意味從此與世隔絕。我從來沒有把學術看得那麼神聖，對台灣社會民主道路的起伏升降，仍然於我是重要的關切。

縱然春季已經來到山坡，我的生命卻已經到達秋天的季節。升等教授那年，我已經到達五十歲。在古典詩裡，半百的年齡似乎已經可以看見人生的夕陽。必須穿越過那麼多曲折的旅路，才讓自己回到嚮往的行業。自己曾經受過歷史訓練，對於時間永遠懷著敏銳的感覺。那種緊迫的時間感，總是押著我向前挺進。我們都是時間的人質，那種被綁架的感覺越來越強烈，而且永遠沒有脫困的時刻。我終於也進入了晚秋，能夠迴旋的空間也相對減少。最美好的年華已經消耗在海外漂泊的時期，再也不可能有捲土重來的機會。那種身世之感是從前未曾嘗過的滋味，現在終於擁有一個研究室，彷彿在長途旅行中找到一個驛站。所有時間的流動，終於讓出一個投宿的空間。那種被書架包圍的感覺，有時也會幻化成一座城堡。所有漂流的書籍都停泊在我的身邊，一種無法確定的幸福，也同時降臨下來。

在台北參加政治運動的三年時間，全然不允許我擁有私密的空間。有時在公共汽車站，或是在車站大廳，總是會被認出自己的身分。身為政黨的發言人，似乎就是公開的招牌，毫無私密可言。只要走出自己的租屋，就立刻暴露在公共空間。甚至行走在深夜長巷，也常常會有陌生面孔揮手招呼。那已經是近乎逃亡者的身分，全然不容遁逃。只有回到學校之後，才慢慢變成一個隱遁者。那不僅僅有一座圍牆隔離起來，而且也讓整片山坡的樹林隱蔽起來。從繁華喧囂的城市回歸到山林鄉野，整個心情終於沉澱下來。縱然偶爾有媒體記者來訪，那也是穩定節奏中的一個插曲。那是漫長的洗滌過程，把內心裡積累的雜質逐一漂洗。在最邊緣的角落，重新構築起落有致的生活節奏。雖然已過中年，我卻是一個新進的老師，一個星期竟然可以開授十五個學分的課程。甚至也負責在夜間部開課，也在暑期班開課。憑藉一股無法收束的意志，我全部都承擔下來。

彷彿是一座沉寂已久的火山，蓄勢待發。那是一種人格改造的過程，頗有重新做人的意味。壓抑內心底層的靈魂，隨時都蠢蠢欲動，甚至連自己也抵擋不住。那種日夜循環的速度，彷彿是快速疾馳的列車，不斷向前奔馳。那段時期的記憶力，一直保持最佳狀態。隨時可以引經據典，也可以過目不忘。

無論是台灣意識或台灣文化主體性，在一九九〇年代已經發展出非常完整的論述。在那段時期，很多人都把台灣文學稱為顯學，但也有人稱為險學。畢竟在那段時期，台灣文學的合法性還未建立起來。某些保守或親中的教授，在內心仍然貶抑台灣文學的存在。在那段危疑時期，台灣文學還未取得一定程度的合法性。介於合法與可疑的階段，身為台灣文學的教授就必須更加努力。至少在國內會議的場合，每次提出論文就必須非常雄辯；而且在公開場合發表時，也必須具有信心。在前後三年的期間，我發現自己已經在學術會議，發表論文超過十篇以上。投入文學史的相關論文之際，也同時持續營造日據時期左翼運動的研究論文。

那是一段非常勤勞的時期，總覺得自己內心存在許多未完成的工程。到達靜宜校園兩年之後，才察覺自己所累積的字數大約超過二十餘萬。

那年秋天似乎提早來到，從文學院走到行政大樓，迎面襲來是冰涼的秋風。那年我正好屆滿五十歲，在風中不免有落拓之感。「人生不滿百，常懷千歲憂」，內心無端浮起了這個句子，似乎有些感傷。環顧我的朋輩，著作等身者不乏其人。站在那小小的廣場，秋風不斷吹送過來，突然強烈感覺一切已都遲到。那種內心的壓迫感，再回到學界之前就已經非常鮮明。終於走在學院的圍牆之內，那種感受更深。在那時刻，我決定把所發表的學術論文整理出來。回到自己的宿舍時，開始羅列已經發表過的論文。

夜晚時刻，一直是屬於閱讀的從容心情。即使在秋涼的寒天，我還是喜歡打開面對海岸的窗口。寒風奪窗而入時，肌膚不免有些顫抖，但習慣之後反而覺得整個心胸為之開闊。面對著沙鹿方向的燈光，就覺得內心受到淘洗。白天壓抑的許多思緒，也跟著次第開放，那是我非常偏愛的獨處心情，彷彿是自己與自己關在室內對話。在那樣私密的空間，我從書架抽出自己完成的許多論文。有的是在會議場合宣讀，有的是在學術期刊發表。處在重新出發的時刻，對任何一個議題或任何一位作家，都抱持高度的好奇。最早閱讀文學的重點，大部分放在日治殖民地時期。尤其對一九二〇、一九三〇的作家，有著高度好奇。那是台灣新文學運動的源頭，每位作家所寫的小說與詩，都與戰後台灣作家的風格截然不同。他們所使用的白話文，往往夾雜著許多的日語語法。閱讀之際，有時不免感到好像在面對外國文學作品。必須經過一段時間的磨合，才慢慢發覺自己可以進入他們的世界。

那種跨時空、跨世代的閱讀，總是召喚一種神祕的時間感。那樣的閱讀經驗，如今在回想時還是覺得相當吸引我。那時候整整耗費一個學期，才覺得自己可以與他們相處。尤其在冬天的深夜，門窗緊閉，耳邊總是傳來窗外呼嘯的風聲。山上的冷風特別刺骨，從門窗縫隙滲透而入，自己的肌膚仍然可以感覺那種冰涼。也只有在那樣的氣溫裡，才能讓我保持清醒的思考。總是夜讀到清晨兩點、三點，感到無限疲憊之際，才決定上床休息。那是我生命中瘋狂閱讀的時期，也是我涉獵議題最為廣闊的階段。我後來寫出一系列夜讀的專書，便是從那段時期慢慢展開。夜讀是一種享受，也是一種自虐。在苦與甜之間，我為自己找到安頓的時刻。那是我學院生活的起點，一旦出發後便再也沒有停止下來。

2

曾經是一位遲到的歸人，回到學界時也是一位遲到的研究者。因為一切都已遲到，進入靜宜大學時，只能被聘為講師。當時的制度，講師之後的升等便是副教授，還未設立助理教授的關卡。有一個下午，我正在研究室撰寫會議論文時，接到系主任胡森永來電，希望與我面談。胡教授是非常客氣的人，平日沉默寡言，卻對系裡教授總是待之以禮。坐在他的桌前，他主動提出可以把我已經出版的書，送到教育部審查。回到學界時我已經四十八歲，總覺得這輩子自己大約只能擔任講師。那時我已經出版《謝雪紅評傳》、《探索台灣史觀》以及文學評論《放膽文章拚命酒》。我的文字從來都未曾在學術期刊發表，聽到系主任的建議，自己也覺得沒有把握。內心感激之餘，我自己也覺得可以嘗試一下。第二天，我立刻整理好兩套自己的著作送到系主任辦公室。

胡森永主任一直待我非常友善，當我把兩本新書《左翼台灣》與《殖民地台灣》送到他的辦公桌，我看見他滿面笑容。在翻閱我的新書之際，胡主任說他也分享我的喜悅。然後他向我建議這兩本著作可以送到教育部接受審查，如果通過的話便可升等教授。他的建議讓我怵然一驚，內心暗自探問自己真的可能升等嗎？一九九四年秋天，兩本學術專書由學校送到教育部審查。那年我開始在《中國時報》的「三少四壯」專欄寫稿，讓我慢慢養成習慣，一方面從事學術研究，一方面投入文學創作。不僅如此，我又同時在《自立晚報》與《自由時報》撰寫政論的專欄。回到學界的最初歲月，讓我逐漸找到自己的生活節奏感。

在寧靜的時間裡，似乎可以容許自己孤獨思考，從窗口可以看見文學院中庭的花園草木。

在校園裡的起居生活，總是與鐘聲的節奏相互呼應。那樣的離群索居，使內在的思緒可以沉澱下來。每次下課後，我便把自己關在研究室。黃昏之後，漫步回到自己的宿舍。在校園的行政大樓頂樓，就是教職員的宿舍。我的窗口正好面對台灣海峽，沙鹿小鎮的燈光在夜晚裡不停閃爍著。那是我一天裡最寧靜的時刻，心情恰到好處之際，我會拿出抽屜裡的稿紙，開始構思我的散文或政論。那種雙軌式的書寫，冥冥中可能與我的雙子座息息相關。撰寫論文時，可以讓自己保持冷靜；撰寫抒情散文時，就容許內在的情感氾濫出來。在收放之間，我非常清楚自己的心靈狀態，完全沒有任何傾斜。這可能是我罕見的美好時刻，完全避開台北那種政治緊張的狀態，也完全遮蔽山下台中城燈光的誘惑。

山中一日，世上十年，那樣的感受於我特別深。冥冥中總覺得命運在安排，容許我終於完全擺脫海外流浪時期的起伏震盪。在另外一個海岸的北美時期，總覺得自己的心靈得不到安頓。當年在加州朝向台灣，總覺得自己的文字充滿了鄉愁。那種心理負擔總是額外感到沉重，許多文字都無法充分施展開來。那時重新閱讀在海外所寫的散文，總覺得自己的心情帶著某種殘缺感。回到台灣後，當然還維持著一種殘缺感，那是因為自己離開了妻與孩子，總是造成心靈上的缺陷。看不見的命運之神，似乎從來沒有眷顧我。祂為我安排的旅程，顯然是在測試我承受考驗的能力。山上歲月自然而然把我與騷動的台灣隔離，有很多時刻我反而可以面對自己，也容許我建構自己所追求的學問。

生命的再出發是一種喜悅，而出發之初總是夾帶著複雜情緒。或許是遲到，也或許是晚歸，終於注定已經落在我的朋輩後面。只要內心還儲存著足夠的能量，就可以持續讓自己燃燒。送出去的兩本學術著作，應該是我再出發的見證。當時台灣已經解嚴將近十年，學界似乎還是無法接受「共產黨」或「左派」的字眼。記得自己曾經參加一次學術會議，我發表了一篇論文：〈台灣共產黨的一九二八年綱領與一九三一年綱領〉。會場中一位我非常尊敬的黨外教授，特別請我到會場外講話，到今天我還未忘記他的耳提面命。他說你明明知道台灣共產黨與中國共產黨有密切的聯繫，為什麼你還要發表這樣的論文？當時我感到納罕，這位教授身為黨外運動者，一直都在衝撞政治體系。我不知道這樣一篇論文，竟然可以讓他如此生氣。後來我才明白，台灣社會一直存在恐共症或恐左症。這種恐懼感不就是國民黨極右教育的成功嗎？縱然我的論文是討論歷史上的左翼運動，這位教授仍然還是感到擔憂。

整個台灣社會追求解嚴，是那樣毫無畏懼。終於走入解嚴的階段，許多知識分子的思維方式，還是相當忠實於國民黨的教育。面對如此質疑，我的決心更加堅定。縱然社會體制已經解嚴，許多知識分子的靈魂還停留在戒嚴階段。那時我只簡單回答這位教授，面對台灣歷史上發生的一切，我們應該勇敢面對。台灣共產黨是台灣知識分子的典範，他們在極右派的殖民統治下，仍然甘冒生命危險進行左翼的反抗。這是台灣歷史給我們非常重要的珍貴遺產，我們必須面對它、解釋它、解決它。如果繼續逃避這樣的歷史事實，無異於承認國民黨的反共教育是合法的、合理的。這種顛倒的價值觀念，不就是台灣民主運動所要糾正的嗎？那場短短的對話，讓我非常惆悵。他可能不知道台灣的女性運動、同志運動、原住民運動，其實都帶著相當深沉的左翼精神。對抗既得利益者、對抗自稱合法的統治者，本身就帶有左的傾向。我終於明白，自己的學術道路還有很長的時間要走。我已經到達生命的秋天，那是最成熟的季節，也是開始要展開收穫的階段。背對著喧囂的山外世界，勇敢迎接屬於自己的黃金年齡。

二〇一九年十月十四日 政大台文所

九二一大地震

1

命運從來不是自主意願的選擇，總是有一股看不見的力量在背後推送。升等成為教授後，有幾間國立大學伸出友善的手來邀請。在那段時期，已經出版兩冊學術論文《左翼台灣》與《殖民地台灣》。台灣學界長期籠罩在反共教育的陰影下，似乎已經極端向右傾斜。尤其在冷戰體制的操控下，整個地球大約都受到美國與俄國的影響。站在左派的立場，便是屬於蘇聯所操控的國家。從中國到東歐舉目望去，都是屬於紅色版圖。站在反共陣營裡，從北美到東亞都是屬於右派政權。凡是在台灣受過教育的學子，自然而然都接受國民黨的思想指導。

對於左的思維，天生就有一種恐懼。如果從文化內容來看，所謂左派，其實是站在無產階級的立場；所謂右派，便是屬於自由主義的思考。但是在台灣的學術界，長期受到黨國體制的監控。固然每一位青年被教育成為反共分子，卻從未享有自由主義的環境。這對於台灣知識分子而言，不免是一種嘲弄。

一九九九年九月，我離開靜宜大學，接受暨南大學的聘任。那是我學術生涯的另外一個起點，也是我書寫《台灣新文學史》的全新起點。追求一部文學史的書寫工程，早在海外時期就已經暗自立下志願，希望自己在有生之年，寫出一部屬於台灣觀點的文學史。暨南大學對我非常友善，特別撥給我一間非常寬闊的研究室，據說是原來的文學院院長室。面對寬闊的室內空間，確實讓我充滿著喜悅。我把到處流浪的私人藏書，都聚集在這個校園。選擇這個空間作為我學術生涯的一個歸宿，應該是屬於全新的出發點。直到夜晚，我的學生協助把紙箱裡的書籍一一上架。晚上八點，特別邀請協助的學生到埔里鎮晚餐。仍然記得我向學生說出自己的心聲，這是我學術生涯的再出發。晚上九點，在宿舍洗完澡又回到研究室。我拿起桌上的電話，分別與美國加州的家人、日本的教授通話。讓他們知道我已經在埔里安頓下來，而且也準備開筆嚮往已久的文學史工程。遠隔海洋，相信他們也分享了我的喜悅。那天晚上閱讀到半夜一點，似乎覺得有些遲晚，而且第二天就是暨南大學的開學日。

凌晨一點半回到宿舍，準備就寢。到了一點四十七分時，忽然感覺地板開始震動。我幾乎無法站穩，只能趴在床上任其搖動。地面彷彿有一種呼嘯的聲音，四方席地而來。在那時刻，彷彿陷入絕望的情境，內心暗自告訴自己：「走了，就這樣走了」。那種天崩地裂的搖晃，幾乎是陷入世界末日的絕境。生命中經歷過兩次大災難，第一次是美國加州舊金山大地震，那時我住在聖荷西。第二次就是埔里的九二一大地震，每次回憶時內心總是不期然浮現這樣的句子：「此身雖在堪驚」。在天旋地轉之際，看見電子鐘從書架上摔落下來，電池也拋落出來。長針停在一點，短針停在四十七分。整個世界就停格在那驚險時刻，我的心臟也一直懸在那裡。在那生死關頭，完全無法動彈，只能趴在床上傾聽地面上傳來呼嘯的聲音。

從驚魂未定的時刻醒轉過來之際，才決定必須逃離宿舍的建築。走出樓外，才發現許多師生已經聚集在停車場。九月的山上校園，寒氣襲人。我只好坐進車子的駕駛座，靜靜從車窗看著外面的一無所有。突然想到可以打開收音機，才發現每一個頻道都在報導大地震的狀況，才知道震央就在埔里附近的集集鎮。氣象局報告那是規模芮氏七點三的地震，震源深度約八．〇公里，整個地震持續時間是一〇二．二秒。坐在黑暗的深夜裡，沒有人知道外面發生了什麼，也沒有人知道災難規模到底有多大。幾百個人聚集在一起，聽不到任何人在說話。環顧四周，那是比寧靜還更可怕的死寂。內心卻充滿了震耳欲聾的寧靜，深怕發出任何語言，就可能造成某些人崩潰。那可能是我生命裡最漫長的一夜，完全無法預測黎明是否會降臨。被困在無知的死寂裡，才察覺每個人的內在靈魂是何等脆弱。那時真的身心俱疲，只能閉目養神，靜靜等待晨間陽光的降臨。

大約是清晨六點左右，通往山下的聯絡道路，忽然有一群人走上來。他們都穿著深藍色的衣服，雙手提著籃子漫步過來。原來是一群慈濟的志工，他們把剛剛蒸好的饅頭與包子帶到校園來。坐在廣場的學生立刻起了騷動，在那寒涼的秋天早晨，可能需要食物來提升體內熱量。深藍白領的志工，走在蹲坐的人群中間，一一發放包子與饅頭。那幕景象讓我非常感動，立刻聯想到曠野裡五餅二魚的故事。深陷在絕望的情境裡，內心驟然浮起一陣溫暖。通往山下的道路，已有多處崩塌，車子無法上來。那些志工的身影，隱隱中擦拭了我內心的絕望。那時學校師生都坐在教授宿舍前面的草地，校長李家同也坐在那裡陪伴。那時第一次強烈感受暨南大學是一個生命共同體，彼此都在問候是否一切無恙。收音機傳來各地受災的訊息，才知道南投是重災區。直到那天下午，通往山下的聯絡道已經部分修好。我決定到埔里鎮上觀察災難實況，驅車下山時，才知道是單向通車。短短五分鐘的通道，卻耗費近半小時才通過。

車子轉入埔里的主要道路時，才驚覺全部的樓房都倒塌，尤其是通往清境農場的公路。

整排建築都朝同一方向垮掉，那種慘狀簡直不堪想像。搖下車窗時，一股強烈的酒味湧入，原來是從埔里酒廠傳來。許多珍藏已久的紹興酒全部都被壓碎，整條街道不時傳來濃烈的酒香。在一幢垮掉的大樓前面有一塊空地，我停靠好車子，發現廢墟中間有人在煮麵。那個推車的麵攤後面，是一對年輕夫妻。都已經受災那麼嚴重，他們仍然需要勇敢活下去。他們也是災民，卻仍然維持原有的生活節奏，繼續堅強過他們的營生。我看見爐火置放在倒塌的磚瓦之間，妻子在那裡專注煮麵，丈夫則以微笑招呼我。目睹那樣的場景，幾乎讓我欲淚。那是我親眼目睹生命是何等頑強，也讓我目睹災民是如何維持他們的尊嚴。我背對他們吃麵時，不斷擦拭眼淚，那種感動簡直無法用任何語言形容。我吃完時付錢給他們，那丈夫說二十塊，我掏出五十塊說不用找。丈夫立刻給我三十塊零錢，舉目望去到處都是廢墟，但是那對夫妻所維持的尊嚴，到今天我還無法忘懷。

要離開埔里鎮時，路邊有人在賣咖啡。我停下來買了一杯，也是向我收取二十塊。那場災難未曾毀掉埔里人的人格，也沒有毀掉埔里人求生的勇氣。許多災民都在瓦礫堆中進進出出，也許是在搶救廢墟下的生命，也許是在拾回他們各自的記憶。上天毀掉了這個世界，卻無法奪走災民的求生勇氣。我多買了幾條麵包吐司，驅車回到校園。山下埔里鎮的災情比我想像還要嚴重，原來死神降臨的姿態是那樣絕情，是那樣絕望。我常常經過的那座五層樓建築，彷彿是垂直式的傾塌，五樓的陽台竟然變成一樓，與市街同高。在陽光下仍然可以辨識飛揚的灰塵，隱隱中似乎有一首輓歌正在迴旋。那是我最貼近死亡的時刻，一切是那麼混亂，完全沒有秩序可言。即使想要停車協助他們，卻也找不到任何空間可以停留下來。窗口外浮現的都是淒苦的面容，但是看見他們彎腰撿拾散落的磚塊，卻又隱隱透露一絲生機。

2

那是我非常絕望的日子，很難預測什麼時候才能回到常軌。那幾天並沒有下雨，只是霧氣非常嚴重。遠方的崇山峻嶺都完全被遮蔽了，可以看見白色的霧在山谷之間漂流。坐在學校的廣場，總是可以感覺一股看不見的冷鋒，刺激著手臂上的毛細孔。那年的秋季來得特別早，校內的行道樹有些弱不禁風，彷彿是在告別什麼，也彷彿是在期待什麼。文學院建築已經被宣布是危樓，救災的勘察人員正在那裡進出。我坐在樓前草地，凝視著自己的研究室窗口。我個人所有的藏書與那幢危樓深鎖在一起，無法預知什麼時候還可以回去。從來沒有那麼絕望過，總以為到達新的校園，就是要重新開啟全新的歲月。那樣渺小的期待，如今都遭到毀滅。餘震仍然持續著，總是覺得會不會再來第二次。徬徨、猶豫、遲疑的各種情緒，不斷從內心底層湧上來，許多想像也持續湧上來。我生命的再出發，竟然是一個終點，內心頗覺不甘心。

在廢墟埔里鎮上，似乎是與死神擦身而過，而且真正看到死亡的面孔。在磚瓦堆裡，看到人們忙著撥開水泥企圖尋找失蹤的親人。明明是近在咫尺，卻無法伸手可及。那種焦慮的面容，彷彿是在接受神的審判。那是最真切的生命表情，彷彿處在生死的懸崖，在生死之間拔河。那是我無法輕易介入的時刻，尤其聽到瓦礫堆中呼救的聲音，充滿了希望，也充滿了絕望。我不忍離開，卻又不能不離開，第一次感受到死亡是如此貼近，又是如此難以擺脫。那是一片揉皺的風景，血淚生死完全混融在一起。那是找不到任何答案的廢墟，我參與其中也抽離其中，是多餘的人，也是剩餘的人。我不忍說那是一個人間地獄，也不忍說那是一個命運煉獄。二十年後的今天，再次回首瞭望時，還是無法給自己確切的答案。

又過一天，李家同校長宣布全體師生決定北上，借用台大的教室在夜間上課。這項消息傳出時，引起一些立法委員的憤怒，認為暨大師生應該與埔里災民共甘苦。這是頗有爭議性的決定，如果全體留下來，一萬多師生的飲食與住宿立刻成為問題。這位為了討好選民的立委，有辦法解決這麼多師生的食宿嗎？那是天人交戰的時刻，即使到今天我仍然沒有答案。進入埔里救援的士兵，在廢墟中挖出屍塊時，有不少人精神上發生錯亂。士兵也是尋常的人，學生也是尋常的人，面對死神的降臨，絕對是非常公平。那位立委又繼續狂言，以後暨大學生尋找工作時，絕對不會優先錄用。這是我見證最英勇無比的立委，也是讓人可歌可泣的立委。至少我很清楚，他並沒有留在災區參加援救工作。

大地震後的第二個星期，暨大師生到達台大校園。重新回到台北市區，整個風景已經完全兩樣。每個十字路口，還是停留在人車交錯的混亂裡。每個行人的表情，似乎還繼續著太平盛世的節奏，小小台灣存在著兩地截然不同的神情。幾乎整個海島都處在地震帶，只是未能預測下次地震會在什麼市鎮發生。懷著倖存者的心情，我保持距離觀看著城市非常的日常。我必須調整內在的心態，也必須調整自己作息的習慣。深山的時間顯然從容許多，深山的風景顯然也適合遠眺。回到台北盆地，所有的望眼都受到遮蔽。時間節奏也必須重新調整，清晨六點窗外已經是車水馬龍。如果是在埔里山上推窗外望時，只見一片雲飄過，一座山浮現。兩種風景創造兩種心情，也創造兩種命運。我終於又投入紅塵萬里的城市，也投入了最緊迫的時間感。

暨大師生只能利用台大學生下課後，才在學校後門內附近的大樓上課。那年冬天特別寒冷，從黃昏五點半開始上課，才是暨大師生上課時間。我們都變成夜間部，還是充滿感激，畢竟可以讓上課正常進行。我是台大歷史研究所碩士班畢業，校園的景物於我是非常熟悉。每天黃昏驅車穿越椰林大道，經過傅鐘時，不免勾起我強烈的懷舊病。那已經是一九七〇年代初期的記憶，距離一九九九年都快三十年了。我也跨入五十二歲，正是我書寫與閱讀臻於巔峰的狀態。一場大地震的來襲，徹底撞歪了我的生活秩序。傅鐘敲響時，總是把我帶回研究生的感覺，那時把自己鎖在古典善本書的氣味裡。多少年前對宋代歷史是那樣熟悉，無論是北宋或南宋，彷彿生動地活躍於彈指之間。那種泛黃的紙頁，那種木刻的文字帶著拙樸，也帶著深深的時間感，簡直是一種靈魂的召喚。

走過文學院的古典建築，不免使我產生一種幻覺，總是覺得自己是穿越東京大學的校園。那是帝國文化遺留下來的殘餘與剩餘，那麼陌生又那麼熟悉。經過兩個星期，心情大約都安頓下來。我仍然持續開授兩門課程，大學部是台灣文學史，研究所是台灣文學研究專題。這是我學術生涯裡追求學問的兩個重心，不僅開啟我個人的歷史解釋，而且也延續我對文學藝術的追求。一門學術的建構，在一定程度上，其實就是個人人格的建構。把它當作生命不可分割的一部分，就必須以嚴肅的態度解釋它，也解決它。

那時我已經開始書寫《台灣新文學史》那本書，而且也開始與陳映真展開論戰。後來被台灣文壇命名為「雙陳大戰」的這場辯論，對我是刻骨銘心的記憶。從驚心動魄的九二一大地震歸來，其實心情仍然處在動盪狀態。從年少時期以來，陳映真曾經是我內心深處的一尊神。當他賜給我指教的機會，我反而覺得有些猶豫。在海外時期，我曾經與他有過兩次論戰。

第一次是關於二二八事件的史實討論，第二次是有關謝雪紅傳記的辯論。在生命最混亂的階段，我必須保持嚴肅的態度，面對陳映真的挑戰。那時的生活秩序確實有點混亂，但我不容許自己思維模式有任何混亂。在一定意義上，陳映真給了我非常嚴肅的文學教育，也給了我非常嚴謹的學術訓練。九二一大地震毀掉我在埔里的生活，卻也為我的學術生涯有了重新建構的機會。能夠用積極而正面的態度來看待那段生活，我仍然要向陳映真表達謝意。二十年，占據我生命的三分之一，卻是我學術生涯的全部。朝向埔里頻頻回首，終於應驗辛棄疾所說的「二十年如一夢，此身雖在堪驚」。

二〇二〇年一月六日 政大台文所

再回傷心地

1

毀滅性的大地震，考驗了災區住民的耐度與韌度。二〇〇〇年春天，李家同校長決定讓學生重返埔里。在臨時召開的校務會議中，校長宣布毀掉的校園建築，已經大多修繕完畢。當初離開時，文學院建築處處浮現龜裂的痕紋。整個大樓似乎微微傾斜，或許不至於倒塌，卻被認定為危樓。一座大學師生的遷徙，簡直是一次民族大移動，雖不至於連根拔起，卻讓整個生活秩序全盤動盪。在台北所開授的課程，其實也開放給台大學生旁聽。日本學者垂水千惠，也每個晚上都坐在教室後面旁聽。當時她已經完成一部日文重要著作《呂赫若研究》，卻仍然非常謙遜地坐在那裡做筆記。我相信她是在訓練自己的中文聽寫能力，站在台前，我看她埋首做筆記，內心非常感動。她已經是日本國立橫濱外語大學的教授，卻仍然持續擴充自己的文學能力。

文學的力量，足夠使不同國度的讀者心靈相通。如果不是台灣文學的緣故，也許我與垂水教授不可能對話如此密切。當時她已經知道，我正在書寫「台灣文學史」，而且也知道我正在與陳映真論戰。下課時，她會陪我走過台大校園。在對談中，我才知道她的先生是四方田犬彥，在日本是非常知名的作家，他不僅是一位詩人，而且也是藝術評論家。他涉獵電影、藝術、文學與社會批評，他甚至也在以色列定居過，進行在地的文化觀察。台大校園不僅讓我重溫早年求學的記憶，也讓我認識許多台大學生。我仍然記得有一位日文系的黃毓婷也坐在教室角落聆聽，是一位求知欲非常強烈的研究者。因為在教室裡受到啟發，她決定到日本東京大學讀書。後來她果然學成歸國，並且多年後完成一部《破曉集》的編輯，是有關殖民地時期翁鬧的詩與小說之翻譯。我在書前寫了一篇長序〈日新又新的新感覺：翁鬧的文化意義〉，這應該是九二一大地震那年的重要紀念。

春天到來時，再次回到埔里的重災區。回到暨大校園的那個下午，山上正落下微雨。回到文學院樓前，遠遠就看見幾株鋼柱撐住微傾的危樓。我停好車子，站在草地上眺望才發現理工學院的大樓，也同樣以鋼柱頂著。我的研究室是在三樓，沿著樓梯走上去時，內心不免浮上危機感。打開研究室的門，看見所有的書架仍然傾塌在那裡。猶如廢墟那樣，讓我不知道如何收拾。死神曾經那麼貼近，眼前所浮現的凌亂狀態，依然可以感受地震的撞擊，是那樣強烈又那樣無情。走過凌亂的書堆，彷彿是在憑弔我的前生。自己可能是一縷魂魄吧，完全不知道如何收拾。內心無端湧起生生死死的複雜念頭，一場災難襲來時，讓埔里小鎮倒塌無數樓房，奪走無數生命。半生以來，只有這個時刻與死神如此貼近。

只能暫時讓那些雜亂的書籍散落在那裡，等待大樓整修完畢才讓自己的日子重新再來。生活秩序已經全部打亂，卻又不能不使自己的心情沉澱下來。上課時，走到文學院大樓，繞過支撐的鋼梁，看見許多學生聚集在教室外的長廊。在場的每位學生，不乏有人帶著驚魂未定的神情。新的學期已經開始，大地震的衝擊似乎還一息尚存。身為教授心情也非常複雜，在神情上必須表現得非常穩定。那時授課有兩門，一是研究所的「台灣文學研究專題」，一是大學部的「台灣文學史」。身為老師其實也還停留在忐忑不安的狀態，總覺得地震隨時還會襲來。那種廢墟的感覺，即使在遙遙十年之後，也不免在內心浮動著。

我不能浪費時間，畢竟生命已經跨過五十歲，卻還未留下任何一部值得紀念的作品。回到山上將近一個星期後，我又開始撰寫屬於自己的文學史。早年所受過的歷史訓練，在那段時期又可以派上用場。仍然記得在研究生時期，曾經讀過一位義大利史家克羅齊（Benedetto Croce）說過一句話：「一切歷史都是當代史」。必須跨過中年之後，才慢慢理解其中的意涵。在整理文學史史料之際，才慢慢體會這句話的真實性。尤其在閱讀殖民地時期的日文作品，在語言上不免有些隔閡，在時間上也拉出一段距離了。作者在撰寫內在心情時，只能以文字表現出來。過了半世紀之後，由我這樣的研究者去解讀，也許已經離開他創作的原意非常遙遠。文學的樂趣就暗藏其中，畢竟作品從來沒有確切的定義，完全由讀者的感受去理解。不同的讀者就有不同的感受，最後所獲得的解釋自然就充滿了歧異性。面對殖民地作家，只能透過文字去推測他們那個時代的環境，其中的文學解釋完全屬於我個人，這正是文學最為奇妙之處。

身為當代的學者，從事任何文學作品的詮釋，自然而然都會注入當代的價值觀念。在撰寫文學史的過程當中，克羅齊說過的話果然真切無比。那樣的理解讓我可以更放開心情，縱橫在不同作者、不同作品之間。那是一個漫長的過程，「山中一日，世上一年」的體會尤為深刻。坐在校園的宿舍裡，由於沒有時間壓力，每天往往可以寫到深夜。春天襲來時，帶著濕氣的風吹送而過，夾帶著些許暖意。那種感覺非常好，似乎那就是季節的訊息。坡上所有的草葉，終於也到了甦醒的時刻。俯首寫稿直到深夜兩點、三點，反而是思緒最清醒的時刻。

曾經有一個早上，一個初春的早上，大約是清晨六點，我廢然擲筆，推開宿舍窗口。發現樓前草地竟是一片黃色的雛菊，終於驚覺春天已經到來。望向遠山，薄薄的霧氣正在徘徊，彷彿雲的背後充滿了許多神話。那可能是我生命中極為寧靜的時刻，彷彿有什麼力量在召喚著我。

我穿著拖鞋走出宿舍，環顧校園四周毫無人影。決定赤足走在草地上，濕涼的露水及時震顫了我的心靈。微曦還停留在另一座山峰的背後，整片天空微亮而雄偉。只有從山頭望向另一個山頭，才能看見如此壯麗的景色。那清晨的光，終於突破雲層的籠罩，把腳踝四周的露珠全部照亮了。點點奇異的光四處閃亮著，才讓我體會到南投的群山裡，竟暗藏這麼動人的華麗之晨。如果沒有發生地震，我或許會選擇這個校園作為永久的寄託。芒草上猶停駐著點點露珠，在陽光下晶瑩剔透，猶如身在幻象與幻境裡。如果不看傾斜的大樓，整個天地看來是何等寧靜。山外的世界，山下的城鎮，仍然是廢墟一片。只因為身在山中，讓自己的歲月完全抽離出來。就在那個時刻，我決心把計畫中的台灣新文學史完成。

那可能是生命中最為勤勞的階段，除了每週在報紙撰寫專欄之外，又不時發表短篇散文，卻從未須與偏離文學史的營造。那時完成第一章緒論時，總覺得這項書寫工程是一樁不可能的任務。那時《聯合文學》主編初安民非常慷慨，讓出最大的篇幅連載這部正在撰寫的文學史。因為有連載的壓力，反而使我不敢懈怠下來。我的書桌堆滿了太多相關史料，每當埋首書寫時，都無法察覺有學生進來研究室。每次下課後，所有的時間都耗費在研究室裡。那時開始過著六親不認的生活，總以為後半生就會在時光的折磨中度過。

2

我從未料想這部艱難的書寫，竟然引起陳映真的憤怒。在發表第一章之後，他的批駁稿件就已經寄到雜誌社。這是我非常難忘的經驗，也是我下決心鍛鍊意志的關鍵時期。陳映真似乎是我文學上的大哥，縱然意識型態與我相左，仍然是我內心的一尊神。在海外時期曾經有過兩次論戰，第一次是關於二二八事件的歷史解釋，第二次則牽涉到謝雪紅的歷史評價。我後來才發現每次與他論戰之後，都會出版一本書。第一冊是《二二八事件學術論文集》，一九八八年在海外出版。第二冊是《謝雪紅評傳》，一九九一年在台北出版。陳映真似乎特別偏愛我，凡是有關台灣歷史的討論，他總是情不自禁來指導我。我深深相信，每位知識分子都有自己的政治信仰。我更相信所有的政治信仰，最後都可以付諸實踐。長期投入政論的書寫，應該也是實踐精神的一部分。但是我更相信，朝向一部專書的撰寫，才有可能彰顯自己的信仰。《台灣新文學史》這部專書一旦開筆之後，再也沒有停止下來。我先後寫了三篇文章分別是第一篇〈馬克思主義有那麼嚴重嗎？〉，第二篇〈當台灣文學戴上馬克思面具〉，第三篇〈有這種統派，誰還需要馬克思？〉。

文壇形容這次兩人的來回辯論是「雙陳大戰」，也是新世紀開始之際，我人生的重要轉折。二〇〇〇年春天，政治大學中文系邀請我來專任，在指南山下的校園裡，文學史的工程仍然繼續展開。伴隨著論戰的進行，我反而對自己的文學史觀更具信心。我在中文系開授兩門課，一是「台灣文學史」，一是「文學批評」。我從來都深深相信，所有的知識都是可以實踐。在學院裡任教，我也更加相信知識的傳播，其實也是屬於公共知識分子的職責。我甚至相信知識分子永遠都不能關在書齋裡，在必要時，他的筆也可以干涉社會。因為自己曾經在民進黨擔任過文宣部主任，在這個曾經是黨校的學術風氣中，似乎被視為異類。那時我常常告訴自己，只要對知識誠實，一定可以超越藍綠的界限。

在論戰中，我特別向陳映真建議，如果他無法接受我的文學史觀，也可以投入另一部文學史的營造。相互來回三次的論戰文字，反而增加了我對歷史解釋的信心，也更刺激了我對文學解釋的開展。那段時期，聽說陳映真的健康狀況不佳。在完成最後一篇論戰文字時，我決定不再對他有任何回應。縱然兩人交手之際，使用了許多激烈的語言，在我內心我依然尊敬他。尤其在研究所開授「台灣文學現代主義專題」時，其中有一章便是討論陳映真的小說。

來選課的學生都非常好奇，在授課之際，是否會對陳映真有任何負面的批評。正好與他們的預期相反，我對陳映真出版的兩冊小說，《將軍族》與《第一件差事》看得特別高，畢竟那是完成於戒嚴時期的文學作品。在寒冷而蒼白的時代，陳映真敢於觸探省籍問題，也敢於觸探左派思想。他的書寫行動與膽識，就足夠我欽佩他。

對於陳映真我一直懷有複雜的情感，畢竟他是我文學啟蒙的最初，就已經閱讀過他的短篇小說〈我的弟弟康雄〉。那是我大學時期在《文學季刊》上所獲讀，而且讀過之後我還是不斷回頭再閱讀。小說中以一位姊姊的口吻，回憶她已經身亡的弟弟。像一首潔淨透明的短詩，意象非常稠密，句法也相當乾淨。閱讀之際，彷彿有一位前輩在前面引導，容許我進入生命中未曾到達的境界。小說所形容的弟弟，是一位安那其主義者。大學時期並不知道什麼是安那其，必須在進入研究所之後才理解那是無政府主義者（anarchist）。後來才慢慢察覺，陳映真有意在小說中把那位自殺的康雄定位為左派信仰者。一九六〇年代的台灣，正是戒嚴體制最為緊張高漲的時期。這位無政府主義的弟弟，找不到精神出口，最後終於選擇自殺。那篇充滿了感傷情緒的小說，在我內心所造成的撞擊，即使到今天也還是隱隱可以感受。

與陳映真展開論戰的過程中，不免有一種心如刀割的痛楚。那不僅僅是與這位大哥的痛苦決裂，其實也是與我年少時期的記憶產生斷裂。那是一種驚天動地的撞擊，全然不亞於九二一大地震。在撰寫三篇論戰文字之際，或許動用了許多情緒，但對於他的藝術成就，我依然看得很高。論戰結束時，我才聽說他計畫去北京接受醫療。那時我不免有一種惆悵，深深感覺這位影響我文學生命非常深刻的這位大哥，從此就走向不同的歷史道路。在論戰過程中，也引起台灣統派陣營的不滿。他們在網路上極盡羞辱之能事，希望能夠扳回一城。於我而言，那些都是多餘的，也是剩餘的，再也不可能得到我的任何回應。

深夜裡，我孤獨坐在研究室的桌前。埋首撰寫之際，整個天地都保持高度安靜，總覺得有什麼看不見的魂魄，正在什麼地方俯望我。那段時期，我深深相信舉頭三尺有神明，他們應該是來保護我，祝福我。我已經跨過五十歲的中段，似乎已經到達毫無恐懼的年齡。只有在深夜最寂靜的時刻，不僅閱讀速度加快，振筆直書的速度也更快。我的年齡階段與身體狀況，都處於最佳狀態。坐在指南山下，可以擁有一間設備齊全的研究室，那是生命中的一種恩賜。我依照時間先後，那所有作家的名字羅列出來。沿著作者的生命秩序，我閱讀他們的小說、散文、詩、評論，以及同時代作家對他們的評論。

我總是在內心提醒自己，一部文學史並非是百科全書，也不是一部文學辭典。那是依照撰寫者個人的美學標準，嘗試貼近每位作家的時代與作品。我也暗自告訴自己，正在營造的文學史絕對不是海內孤本。無論對文學史上的作家，作出怎樣的評價，絕對不可能是定論。

畢竟每位文學史家的生命格局，都會有一定的局限。能夠這樣思考的時候，才會感到心安。從殖民地時代開始出發之際，面對著已經泛黃的紙頁，竟有一種毫無依靠的陌生。閱讀他們的中文與日文，那種陌生彷彿是接收從另外一個星球傳來的訊息。有時必須把他們的句子整頓一下，才能夠理解真正的意義。畢竟他們是殖民地時期的作家，時代與環境對於二十世紀的我，確實相當遙遠。在深夜裡，常常展開這種星際旅行。有時是一種翱翔，有時是一種解謎；有時是凌遲，有時是愉悅。在深夜時刻，那種上下震盪的感覺，到今天還是相當鮮活。直到黎明時刻，星辰都已消失，終於有一種疲憊襲來。總是推窗望著樓外那一株鳳凰樹，整株樹幹在微光中浮現。我告訴自己，必須要回家休息。那是我後中年時期的黎明，慢慢走回景美溪下游的家。我才知道自己距離埔里傷心地，已經非常遙遠。

二〇二〇年三月十九日 政大台文所

文學院的長廊

1

政大文學院座落在校園的後山，從文學院四樓的窗口，可以瞭望整個台北市南區的風景。從山下進入校園時，必須跨越景美溪的上游。那是一條不寬不窄的渡賢橋，溪水兩邊都有茂盛的野草鮮花。據說後山校地是在李元簇擔任校長時所購買，那曾經是吉祥地，是生命終極的福地。文學院就在原址建立起來，我到達時，文學院背山朝向台北盆地，不禁讓我充滿喜悅。回到學界之後，所有的校園都是在山上。最早是靜宜大學校園，可以俯望整個西部海岸線。然後是暨南大學的校園，群山環繞，雲氣甚濃。如今達到指南山下，可以望見廣闊的台北盆地。校園除了鐘聲之外，四處都非常寧靜。達到校園的第二年，我出版一本《深山夜讀》，裡面收納我三年左右的閱讀筆記。這本夜讀，象徵著我學術生涯的再出發。

中文系的同事，對我特別友善。他們知道我是遲到的學術追求者，也非常清楚我曾經在政治風塵裡浪逐過。有一次在文學院走廊，與尉天驄老師不期而遇。他停下來告訴我，這棟大樓充滿靈異現象，如果深夜裡在走廊遇到美女跟你打招呼，就不要回應。來到政大之後，不時聽到同事繪聲繪影。我是習慣夜讀的生活，也適合在寧靜的時刻裡構思我的文字。到達文學院的第一年，繼續撰寫構思中的台灣新文學史，有時振筆直書之際，往往到了無法自我控制的地步。有一天到達午夜時刻，文思泉湧，似乎寫完一個句子，就有新的字句不斷冒出。

那是非常神祕的精神狀態，已經不是個人的意志所能掌控。全神貫注在紙頁之際，宇宙之間特別寧靜。忽然聽見有人輕敲我的玻璃門，停筆下來查看手錶，才剛剛跨過午夜十二點。那時猶豫了一下，懷疑那是錯覺。最後還是開門查看，沒有任何人影。我探頭望著文學院長廊，看見一個人影正要走入樓梯間。覺得那好像是熟悉的身影，我朝盡頭喊著「是系主任嗎」，人影立刻回頭，果然是朱自力教授。他微笑緩緩走過來，對著我說：很少看見這樣勤勞的教授，一直到深夜你的燈還是亮著，我幫你帶一杯咖啡來。在那時刻覺得特別感動，而且很慶幸叫住了系主任，否則會害我疑神疑鬼。那個夜晚快要接近冬天，讓我內心感覺特別溫暖。

從此我不再相信任何靈異現象，在寂靜無聲的長廊，如果有看不見的魂魄陪伴我，我也會感激，也感到無比溫暖。

那是我最初到達政大校園的難忘記憶，而那記憶伴隨著書寫文學史的累積，而從未消失。橫跨在文學與歷史之間，總是帶給我致命吸引力，容許我的魂魄穿越歷史長廊，也容許我的靈感在前人文學作品之間漂浮。年少時期的歷史訓練，又重新讓我整頓起來。坐在深夜的研究室，似乎有一種看不見的對話，在作者與我之間持續展開。殖民地時代的作家，永遠不會知道二十世紀九〇年代有一位研究者，徹夜不眠閱讀他的作品。那是一個神祕的時刻，一場看不見的心靈與心靈的對話，總是在寂靜的午夜進行。我彷佛可以跨越時空，去撫觸文字裡留存的餘溫。縱然是面對一個世紀前的作品，我隱隱可以感受作家的血脈跳動。或許有看不見的幽靈與我同在，我確切可以感覺他們真正在庇護我，也祝福我。

我的歷史旅程，從一八九五年出發，那確確實實是篳路襤褸的時代。在海島上的台灣先人，一方面與他的母土切斷，一方面又對台灣土地氣候感到陌生。他們是為了追求溫飽，而與自己的故鄉割捨。只能選擇以最原始的生命，與陌生的土壤進行對抗與結合。先人渡海來到台灣，既是被迫也是出於自願。被迫是因為他們在原鄉已經到了活不下去的地步，才終於渡過黑水溝，才到達生命的彼岸。終於上岸之後，先人一方面要與惡劣的氣候搏鬥，一方面又要與陌生的原住民對抗。早期的文字紀錄，讓後人清楚看見那是血跡斑斑的記憶，而那些記憶最後都存留在清代的古典詩裡。

那時面對浩瀚的史料，不免有些束手無策，如果要建構一部完整的文學史，就必須從古典時期開始追索。那時有莫衷一是的感覺，在內心底層發生過無數的掙扎。經過無數的搏鬥之後，才決定優先處理新文學的發展。新，意味著全新時代的到來，也就是指現代時期的出現。這也就為什麼決定把這本書命名為「台灣新文學史」，一方面在於彰顯現代歷史的展開，一方面也在強調新的文學形式與舊文學截然不同。終於定位在新文學史的範疇裡，整個書寫才能夠放手一搏。這個決定放下了所有的掙扎，也放下了曾經有過的無數猶豫。能夠找到自我定位的關鍵，似乎可以預見日後的漫長道路。

那時開始整理自己的書架，把相關書籍置放在靠近書桌的兩邊。一切準備就緒之後，春日的有一天，刺蔣事件的黃文雄先生突然來學校找我。我感到非常疑惑，雖然在海外與他見過面，卻不知道兩人之間是否有共同的話題。那天下午，我們坐在咖啡桌前，記得是五月下旬，陽光已經溫暖起來。他那時是陳水扁總統的國策顧問，覺得是不是有政大相關議題與我討論。因為他是政治大學的校友，想必是回來校園懷舊。坐下來之後，他才說明來意，原來是陳總統請他來找我，希望能夠延攬入閣。那真的讓我非常訝異，自從離開民進黨之後，我便下定決心不再回到政治。

我們坐在樹蔭下的咖啡桌，各據一邊，總覺得那天的陽光特別熱。隨著樹蔭的移動，我們也不斷調整座位。我只能跟他說不可能再回到政治，因為已經下定決心要完成一部台灣文學史，需要耗費更多的時間投入。他是我尊敬的長輩，在海外時期，一直是傳說中的人物，曾經在洛杉磯有過一面之緣。他說話的語氣非常謙虛，但表現出來的意志卻非常堅定。那是我與他最貼近的一次對話，也是最誠實地面對我自己。前後接近四個小時的拉鋸，也是我感到非常窘困的時刻。畢竟他是我的長輩，也是一位我長期尊敬的異議者。黃昏接近時，微風從水岸那邊吹拂過來，我可以感覺他的面容有些疲態。他已經充分表達內心的誠意，我也像交心那樣和盤托出。看著他落寞的身影離去時，我內心充滿了歉意。即使到今天那份歉意一直都在，讓我久久無法釋懷。

生命過程中常常出現太多的抉擇，有時舉棋不定，有時徬徨無依。那年我跨過五十三歲，已經超過人生的中線。能夠選擇的空間越來越少，內心計畫要完成的工作卻越來越多。時間的風，毫無止息地吹來，已經不容許有任何猶豫的時刻。能夠下定決心追求一部文學史的完成，應該是生命裡非常幸福的階段。站在政治權力前面，我必須斷然拒絕所有邀請的手，只要對政治絕情一點點，就是讓自己的學術寬裕一點點。

2

深夜裡在文學院的樓頭埋頭書寫，那是向鬼神索取靈感也索取文字的一種試探。有時所向無阻，有時卻滯礙難行。在某些神祕的時刻，似乎可以順流而下，有時卻困頓在一定的段落，必須經過內心的交纏掙扎，直到黎明時刻到來時，才寫下一篇散文的最後一段。在最後往往必須掙扎許久，希望能夠找到恰當的字句，作為整個思考的終結。那是一場長途的旅行，有時遇到岔路，有時卻又順暢。在某些時刻，似乎覺得有鬼神在我的頭上俯視。祂俯望我的頭頂，似乎可以看見腦裡的思維流動。在很多時刻，那是一種祝福，卻有多少難忘的深夜，帶來無形的詛咒。在那時刻，我只能杵在那裡，靜待思考能夠翻轉。

堆疊如山的書籍，層層包圍我的書桌。那是文學史的撰寫已經到達一半，也就是說戰前的文學作家與文學生態，基本上已經告一段落。我開始進入戰後時期，也進入我最熟悉的歷史。畢竟我是屬於戰後世代，每一個時期的政治波動，都連接了生命的靈魂深處。從圖書館借出來的五〇年代雜誌與書籍，團團包圍著我坐椅的四周。書寫每到一個年代，就必須把相關的作品擺在木質地板上。那些重要作品，總是在前一天再次涉獵一遍，那對我是一種閱讀的考驗。

反共時期的作家，他們大約是一九二〇或三〇年代出生。無論是時代環境或生命經驗與我截然不同，想像的觸鬚嘗試在句子段落或文字篇章之間探索。他們屬於我父親時代的後輩，作品所彰顯出來的生活方式，卻非常接近。閱讀之際，往往會產生一種共感（empathy），那是一種設身處地的連帶感。嘗試進入他們的時代，分享他們的感情，似乎可以更接近他們的魂魄。即使坐在校園後山的研究室，四周特別寂靜。夏天的蟲聲，斷斷續續從窗外滲透而來。我反而可以感受前輩作家曾經有過的苦難與凌遲，歷史書寫的禁忌就是不要摻入個人的感情。只是重建他們作品的風格時，仍然無法克制自己的情緒，最後無可避免都融入書寫的文字裡。

從前的歷史訓練，都要求寫史者不要滲入個人的感情。如今輪到自己投入文學史的書寫，我才深深覺悟那種要求只是一種理想或空想。史學訓練中也要求寫史者必須客觀，終於輪到自己撰寫謝雪紅的生平，甚至撰寫文學史之際，才知道所謂客觀是一種神話。我比較在意的是審美，作家與作品的藝術才能決定在文學史上的位置。在作家與作品之間穿梭時，才知道歷史訓練只是訓練而已。只有勇敢去實踐，勇敢去書寫，才有可能完成文學史的格局。在那時刻，面對窗外的星空，常常覺得非常寂寞。仰望之際，可以感覺星空移動的刻度，我分不清有哪顆星是在祝福，哪顆星是在詛咒？

書寫到最困頓的時刻，我刻意開門在文學院長廊來回散步。走過每一個研究室，也走過每一個辦公室，甚至也走到教室裡徘徊。我只是好奇，若有鬼神，應該會有蛛絲馬跡向我暗示。或者在寂靜暗處，某些魂魄可能在窺視我。既然他們從未現身，想必是在默默祝福我。也許我才是鬼神吧，整棟大樓只有我一個人來回漫步。人間有太多的恩怨情仇，恩情斷絕，真正的詛咒往往來自曾經是最信任的人，現實世界恐怕才是人鬼不分吧。

直到黎明時分，天色漸呈灰白，身體便開始通知我，已經到了需要休息的早晨。黑夜已經消逝，文字存留下來時，時間終於化為空間，再也不會流走。能夠這樣覺悟時，更加感覺一切都沒有白費。中年以後，就已經養成深夜書寫的脾性。窗外的星光與月光，總是見證著我埋首書寫。每完成一篇的稿子，便把稿子放在桌下的紙箱裡。底層部分是較早的手稿，一篇一篇疊上去，直到滿盈之後，再換另一個紙箱。那時我在《聯合副刊》撰寫散文專欄，一週交出一篇。總是在撰寫文學史之餘，匀出時間完成散文。有一個晚上我終於完成一篇散文，題目是〈稿紙〉。我描述的是時間從來沒有流走，只是變成文字存放在紙箱裡。每一張空白的稿紙，其實都是我上課講義的背面。學生缺席時，那張講義就拿來寫稿。

那篇散文發表後的第二天，政大圖書館的館員就來我辦公室探詢。她們說，老師是不是存放許多稿子。我說非常多，甚至《謝雪紅評傳》的原稿也都保留著。四十萬字的篇幅，大約有一塊磚頭那麼高。她們進一步探問，是不是可以把這些稿子捐給圖書館。在她們之前，有許多圖書館來詢問過，希望能夠保存我全部的手稿，但我都婉拒了。我立刻爽快答應她們，只要能夠對這個學校有所幫助，我都樂於捐贈出來。她們的神色非常喜悅，畢竟曾經有過的辛苦時光，都留下了見證，而且都已經發表並集結成書。能夠為自己的稿子找到歸宿，於我也是極大喜悅。數千件的紙頁，全部都捐給政大圖書館。

在漫長的時間旅途中，能夠為自己的生命軌跡留下記號，容許我記得某年某月完成怎樣的文字，那也是一種幸福。尤其每一篇稿子最後，都會押上時間與地點，更可以辨識生命軌跡。出現最多的地點是「靜宜」，然後是「暨大」，最後是「政大」。偶爾會出現「西雅圖」或「舊金山」，甚至也會出現「阿姆斯特丹」。稿子所顯示的地標，也正是我旅行所到之處。這是一種歷史癖，卻能夠幫助我清楚記憶。我後來才知道，圖書館是以恆溫保存，讓易碎稿紙得到最好的照顧。他們甚至把稿紙數位化，容許我可以在網路上找到自己的字跡。把稿件捐出去，其實並未失去，反而是一種獲得。

來到政大校園時，已經是五十三歲。上天容許我保持的書寫能力，越來越有限。似乎生命已經來到一個階段，開始要求我如何自我定位。曾經是漂泊的生命，曾經是流浪的天涯。那些歲月無論有多辛酸，都已經成為過去。能夠保留下來的，恐怕不是記憶，而是文字。所有的影像都是外在的，只有文字是從生命內部湧發出來。縱然我不是那種惜字如金的人，至少所有消失的時刻，都儲存在文字裡面。上天賜我這樣的能力，我一直視為恩寵。不僅如此，還賜給我書寫文學史的能力，讓我感受一種使命進駐在我的血脈裡。我曾經是熱血青年，穿越過憤怒中年，如今已經到達水岸千里的晚年。稿紙上密密麻麻的字跡，如今都成為我生命過程的見證。曾經有過的魂魄都已經煙消雲散，如今都只能向我拙劣的字跡去尋找。

文學院的長廊是一條時間隧道，容許我從盛年走到晚年。時間逼迫著我承認，人生越來越短促。我更深刻覺悟，一切的擁有都將化為烏有。如果沒有稿紙，沒有文字，也就沒有記憶。有時站在長廊的盡頭，從玻璃窗望著文學院外面的池塘，才驚覺人生只是這樣的格局。四月螢火蟲在池塘周邊閃爍，明滅之間，更加覺悟生命格外有限。有時分不清楚那是螢火還是鬼火，而我在內心明白告訴自己，有一天也會參加那樣明滅的行列。在那時刻，沒有任何一道火光比誰更燦爛。能夠燒出的一點點光芒，生命的高度與寬度就只是那麼多。

二〇二〇年四月二十五日 政大台文所

晨曦擦亮了歲月

1

沿著景美溪的堤岸，迎著上游吹襲而來的風，以漫步的速度回到校園。那是我每天的日常功課，下課後驅車回家晚餐，無論是夏天或冬天，夜間再次回到學校。這樣日夜循環的節奏，已經維持二十年。夜裡的河岸特別寧靜，眾鳥俱寂，在微風中漫步，彷彿是在洗滌內心的雜質。夜晚時分，所有景物都淹沒在夜色裡。只剩下兩岸的燈光，以及山坡上零落的街燈。山頂上稀薄的光，來自樟山寺與指南宮。兩座廟宇各據校園的南邊與西邊，夜深時，燈光尤其明亮。中年以後，對於時間特別敏感，對於季節變化更加敏感。迎面襲來的風，總覺得那是時間之風，那種節奏感讓我強烈感覺季節正在移動。若是微雨降下，整個空氣更加潮濕。如果是滂沱大雨，就選擇驅車回到學校。

進入五十歲後，身體似乎更加健康。縱然受到類風濕關節炎的苦惱，卻無礙於我的散步與書寫。長期與內在的疾病共存，使我更加相信「無敵國外患者，國恆亡」。進入新世紀之後，開始迎接人生最安穩的時刻。前半生在海外流亡十八年，似乎從未嘗到安穩的滋味。終於達到政大校園時，彷彿是一艘漂泊的船，終於可以定錨。在河堤上漫步的時刻，總會咀嚼曾經有過的流浪生活。命運之神也許曾經虧待我，如今則把我安頓在寧靜的校園。這是非常友善的讀書環境，容許我開授自己所偏愛的課程：「台灣文學史」與「文學批評」。

四季分明的校園，植滿了整排的楓香。秋季時，楓香的綠葉開始轉黃轉紅。滿山遍野開始更換顏色之際，氣溫也慢慢下降。從後山入口跨進校園，迎來滿天飄落的紅葉黃葉。落葉飄搖滿天，似乎帶來一陣快意，也夾帶著季節的落寞。葉子換色時，心情也跟著發生巨大變化。一個跨過五十的中年教授如我，一方面接受時間的淘洗，一方面也調整好心情迎接全新季節到來。九月的台北盆地，仍然沉浸在盛夏的餘溫。只有坡上襲來的風，足以讓自己的心情得到安頓。啟開文學院的側門時，正是我夜間工作的起點。

夜裡的校園，傳來許多可疑的鳥聲，從冠鷺到夜鶯的各種不同節奏。尤其在春天時分，聒噪的求偶聲音起落有致，在風中傳送。這是一個大自然博物館，也是一個亞熱帶叢林。校園從來沒有想像那樣寧靜，鳥聲蟲聲總是不期然從什麼地方傳來。在山溝裡，也會出現顏色斑爛的龜殼花。大自然的生態永遠是那樣共生共存，恐怕只有人才會對牠們構成威脅。只有置身其中，才有可能聆聽如此的黃昏交響曲。在各種生物的眼中，我只是一個進入後中年的男人，每到固定時刻就會出現。我也只是一隻奇怪的生物，在燈下孤獨走過。

坐在桌前，許多書籍堆滿木質地板上。坐在書海中間，彷彿自己就是一座孤島。茫茫的海洋，讓我看不見何處是岸，就像在遠洋航行一樣，我總是在尋找自我定位。書寫如果是一種航行，我的書寫便是從一九二〇年代出發。我偏愛把時間化為空間，容許所有的想像從扁平化為立體。那些文學作品不再是抽象的，似乎字裡行間有一縷幽魂與我對望，甚至與我對話。從一九二〇年代的台灣出發，在閱讀之際，彷彿每位作者都是我的朋友。沿路遇到北京的張我軍，也遇到彰化的賴和，甚至也看見他的朋友陳虛谷與他同行。他們說話的語式，與我的時代截然不同。嘗試習慣他們說話的語氣，彼此變為知己之後，我便能夠進入他們的文學世界。

他們的時代顏色已經泛黃，許多記憶看來是那麼陳舊。只是在夜裡閱讀之際，他們的魂魄又重新復活。已經分不清楚是我召喚他們，或是他們召喚我。只覺得那些魂魄引導著我，容許我走入他們的時代。看不見的對話不斷在夜裡進行，那是魂魄與魂魄之間的感應。在全神投入之際，總覺得自己果然進入文學的記憶。我以蜿蜒文字記錄彼此的對話，一旦變成文字時，就構成文學史的一部分。那些扭曲歪斜的文字，便是一種招魂的紀錄。俯首書寫之際，可感覺他們的靈魂貼近了我，注視著我如何為他們尋找歷史定位。只有在那時刻，時間距離與空間隔閡都化為烏有，深深感覺自己與他們交錯而過。置身在他們的時代，才有可能貼近他們的日常生活。

時間與空間的隔閡，讓我深深感覺他們說話的方式非常陌生。他們曾經接受過漢學教育，汲取書院裡的古典文學教育。走入社會時，卻又面臨殖民者所帶來的日語文化。傳統與現代的緊繃關係，在他們靈魂深處構成一種張力。在夜裡閱讀時，往往會產生一種錯覺，彷彿來到一座拜波之塔（Babel Tower），彼此各說各的語言。站在時代的這一頭，瞭望他們曾經有過的生命經驗。他們屬於另一個時代，另一個世界。無論是價值觀念或語言表達，都與我的時代全然兩樣。遙遙與他們相望，似乎需要具備一份同情的心。那種看不見的對話，在午夜寧靜時分，反而非常清晰。

遙遠的作者魂魄，從來不知道會在什麼時候什麼地方找到知音。有些隔著時空，有些隔著世代，只要寄託在書籍裡，至少可以與閱讀者展開對話。那種奇妙的感覺，在深夜裡反而特別生動。文學語言的魂魄一旦受到閱讀，自然就會復活過來。在看不見的時空，作者總會找到他的知音。到今天仍然清晰記得，重新閱讀呂赫若的那個晚上，幾乎讓我徹夜不眠。他引導著我回到一九三〇年代的殖民地台灣，容許我重新認識那時代的人物與說話方式。語言，是進入一位作家靈魂的最佳途徑。熟悉他的語言，就可以熟悉他的內在心靈。一旦打開他的靈魂，就可以感知他的生命脈動。一個作家，是一個歷史驛站。在看不見的時空跋涉時，往往可以停留在文學作品裡上下求索。

閱讀的速度很慢，除了辨識他的風格，也要探索他與時代的互動關係。甚至與他同時代的作家，也要拿來相互比並。文學美學的誕生，需要經過時間的長流慢慢淘洗；終於沉澱下來的，才是作家的文學精華。往往是在入夏的晚上，窗外那一株鳳凰樹，逐漸綻開豔紅的花朵。細小的葉片落了滿地，有時鳳凰花也隨著掉下來。似乎在告訴我，畢業季節即將到來。那樣的循環節奏，似乎與我靈魂的起伏升降非常一致。我也是屬於季節的動物，不斷穿越時間的盛放與凋萎。最後能夠留存下來的，唯有書寫的文字而已。

山上的濕氣很重，磚牆的角落都長滿了青苔。青苔上面又爬滿了藤蔓，那種時間的感覺特別濃烈。我也是屬於時間的動物，依照季節循環而作息。生產力最旺盛的時候，大約是在秋季與冬季。生產力最稀薄的時刻，應該是盛夏陽光最豔之際。在夏末秋初，可以感覺蟄伏靈魂深處的思考蠢蠢欲動。那是壓抑不住的一股力量，隨時都會迸發出來。縱然書寫的速度很慢，卻可以獨自享受與內心對話的滋味。深夜時刻，清楚察覺靈魂底層的細碎聲音，那種孤獨可能是生命中最高的境界。

2

往往在深夜三四點時分，沿著楓香步道往返走回家裡。如果是在春天接近清晨五點，水岸兩邊開始傳來鳥隻的鳴叫。那種清脆的聲音，夾雜著河床冠鷺的求偶呼喚。那是充滿了生命力的清晨，陽光還未浮現，天空一片灰明。河岸兩邊浮起的鳥聲，讓我更加確認那是充滿生命力的時刻。深夜裡的閱讀與書寫，使整個身軀充滿疲憊。每次回到家裡梳洗之後，立刻躺下入睡。那麼多年來，再也沒有任何失眠的時刻。體內似乎有一座看不見的時鐘，依照日夜循環，縱然是在清晨入睡，也一定休息整整八個小時才起床。窗外陽光非常燦爛，倒映在景美溪的亮光特別刺眼。拉起百葉窗，窗外帶著甜味的風奪窗而入。這時讓肺葉充分舒張，在那時刻開始做健身操，靜止的血脈開始躍動。做完最後五分鐘的彎腰觸地，全新的一天便從此開始。

打開玻璃窗，襲來的風夾帶著上游的教堂鐘聲，彷彿自己也受到祝福。有時也傳來附近小學晨操時的歌聲。充滿稚氣的吶喊，也讓我的精神為之一振。這種規律的時間感，維繫著五十歲以後的歲月。起床後一定要做晨操，拉筋時，全身所有的肌肉都舒張著。可以感覺整個身軀折成一半，每一條肌肉，每一條青筋，全部停留在緊繃狀態。體操完成時，新的一天便從此敞開。在校園裡，我維持著兩門課程，一是為研究生開授的專題，一是大學部開授的台灣文學史。專題的課程，可以讓自己保持警戒狀態，隨時注意到國內外的研究生態。從學術到文學的書籍，甚至最新的研究成果，總是有看不見的雷達通知我。

到達政大校園時，也同時開啟自己的人生下半場。越來越可以感覺，時間所帶來的壓迫感特別急促。那可能是我身體與思考處於最佳狀態的階段，閱讀書籍時，往往可以掌握作者的關鍵思考。有時遇到陌生的作者，內心自然就會浮出警覺。遊走在他的句法與語式之間，總是希望找到全書的關鍵與轉折。冥冥中，總覺得那是一種心靈對話。那樣的閱讀，比較接近一種儀式，神聖而不可侵犯。閱讀就是一種看不見的對話，也是一場神祕的探索。直到儀式完成時，自然就會決定是否為作者寫序或是書評。

人生走過一半之後，逐漸可以釐清閱讀的兩個範疇。一種是小說、散文與詩，一種是歷史書寫。在文學領域裡，比較接近空間閱讀；而在歷史範疇裡，則比較像時間閱讀。在深夜裡，兩種閱讀往往可以同時進行。沉浸在時間的流動之間，總是可以感覺作者是如何慢慢衰老。停留在一部小說或散文閱讀時，似乎可以感覺作者心情的起伏升降。閱讀的節奏感，總是讓我忘記時間的流動。尤其在深夜的寧靜時刻，反而更加全神貫注。就像書寫那樣，往往一發不可收拾。閱讀一位作者，其實也是在閱讀自己。一位陌生作者的文字藝術，有時在不經意之間打動了我。總會感到特別訝異，在年輕的心靈裡，我反而發現自己。把它稱為共鳴或共感，亦不為過。

掌握了作者的思維方式與創作技巧，就可以動筆撰寫序文或書評。有些作者於我非常陌生，熟悉他的文字之後，就可以坐下來與他對話。深夜時光一寸一寸消失，窗外星光也跟著一併消失。那時才驚覺自己已經身心俱疲，覺得應該穿過楓香回家。遠天欲亮未亮，已經分不清楚這是一天的結束或開始。往往在清晨五點或六點回家，全身筋骨特別疲倦。梳洗之後，便轟然倒下，不知今日何日。那麼久之後，總是把上課時間排在下午兩點。總是躺在床上之際，窗外總是會傳來鳥鳴，河床兩岸也傳來鷺鷥與冠鷺的呼聲。最吵的時刻都在春天，有時打開窗口外望，總會有母鳥飛來突襲。原來牠生了一窩雛鳥，為母則強，任何可疑的人類都是牠的假想敵。那一定是春天的早晨，整個河岸都充滿了生機。

在鳥鳴聲中醒來，似乎在預告又是美好的一天。如果下午有課，除了準備好一份講義，也把相關書籍的內容重新瀏覽一次。這樣規律性的生活，讓我特別偏愛。彷彿生活的節奏，都在自己的掌控中。在春夏之交，往往會有暴雨驟降。那種突如其來的雨勢，有時是春雨綿綿，有時是西北雨的龐沛。坐在窗內讀書，傾聽雜亂無序的雨聲，總會勾起生命中的某些時刻。也許是在遙遠的西雅圖，或是在銀杏滿地的東京，或甚至白雪千里的倫敦。因為自己就是時間的動物，隨著四季節氣的流轉，總會帶來內心底層的情緒升降。跨過中年之後，很早就脫離了傷春悲秋的脆弱。凡是要追逐夢想中的一篇文字，或是需要長期累積沉澱的一部著作，再也不可能受到外在環境的影響。

跨過五十歲之後，再也不可能容許揮霍任何的時間與空間。理想猶存，夢幻不再，所有的想像最後都要化為文字留存下來。凡是書寫出來的文字，就留下自己的生命軌跡。回望最初出發的時刻，還是二十歲左右的年齡，大學三年級的歷史系學生。那時並不知道，出發之後就必須以一生的時間持續走下去。生命裡出現太多的岔口，曾經也會感到猶豫或遲疑。總是有一股神祕的力量，推著我向前邁進。在某些時刻，也出現過沒有選上的道路。如今回想時，就覺得那是一種命定。穿越那麼多蒼白的時刻，終於證明文字書寫是唯一的選擇。

每當完成一部書之際，既是一種里程碑，也是一種生命的墓碑。里程碑總是隱約提醒自己，走了多長的遙遠道路。而墓碑又是在暗示自己，過往的日子都已經消逝。生生死死的歲月，容不得絲毫後悔，而只能無悔地繼續走下去。過了半生之後，才終於覺悟文字是僅有的寄託。有時站在自己的書架前，凝望著羅列在眼前的作品。深深感覺到過往的生命，原來都寄居在書頁裡。曾經有過的失望與幻滅，曾經有過的迎風歲月，都非常真實保留下來。魂魄都寄居在裡面，過往的生命也儲存在裡面。

多少年的晚歸時刻，彷彿是一縷幽魂。但也只能那樣，才能為自己找到自我定位。必須要到二〇一一年的秋天，終於把文學史書寫的工程完成時，我決心讓自己的生活秩序重新再來。前後十一年，毫無旁騖，縱然也夾帶著散文書寫與評論工作，總是可以感覺內在靈魂一直維持燃燒的狀態。深怕那股火焰終於冷卻或熄滅，總是以各種方式為自己煽風點火。夜晚有多長，孤獨就有多長。如今回望時，竟然會浮現一股畏懼。那是一種挑戰，也是一種冒險。尤其是在最低沉的時刻，對政治方面，對理想絕望，最後還是克服了脆弱的自己。完成書寫工程的最後一段最後一句，窗外已經天亮，鳳凰樹是最貼近的見證。晨曦擦亮了歲月，也擦亮全新的生命。

天星碼頭

1

香港是浮在海面的一座城市，從九龍天星碼頭瞭望時，摩天大樓垂直地倒映在維多利亞港灣的水面。那種拉長的影子，使站在對岸的旅者，都一律被矮化。受邀來到香港，是為了參加香港中文大學的華文文學獎評審。這是我第二次造訪這個港城，比起上世紀八〇年代的第一次停留，心情上完全沒有負擔。第一次到香港訪問，我還是戒嚴時期的黑名單。那時從東京直飛香港，從機艙遠遠看見綠色的台灣小島，眼淚很不爭氣地流下來。在漫長的生命過程中，第一次嘗到過家門而不入的滋味。面對茫茫海洋，我終於體會什麼是咫尺天涯的意涵，深深感覺到自己被遺棄、被背叛的苦澀。

距離第一次訪問香港，三十年已經過去。從中年進入向晚，整個心境已經全然兩樣。第一次來時，曾經與施叔青見面，那時她正在撰寫《香港三部曲》的第一部。我們純粹是以文會友，保持那樣的距離，反而可以更客觀地理解她的文字藝術。第二次來時，反而認識了香港中文大學的李歐梵。他當年所完成的《鐵屋裡的吶喊》，是我早期接觸魯迅作品的重要參考書。在中文大學校園散步時，也去造訪余光中當年在此地教書的住處。站在他宿舍的外面，可以遠眺整個吐露港的景象。在瞭望整個海洋之際，前塵往事都立刻湧上。仍然記得一九七六年，余老師發表〈狼來了〉的時刻，我正在西雅圖華盛頓大學讀書。那時我正站在鄉土文學作家這一邊，完全不敢相信余老師會寫那樣的文字。遠離台灣的時刻，總是以複雜的想像來排遣心情。在那次龐大論戰的氛圍裡，我終於選擇與余老師絕交。那種年少的憤懣，於今想來似乎過於唐突。但發生了就只能那樣，必須又過十年之後，回到台灣才終於與余老師和解。

繞了那麼遙遠的旅路，終於到達余老師住處的門庭之前，心情還是非常糾纏。縱然已經與余老師和解，不免還是存留一絲遺憾。彷彿是回到歷史情境，也回到那年與老師的書信往返。站在山頭，可以感覺整片海洋鋪天蓋地而來。仍然記得詩人以這樣的句子來形容那片海洋：「風軟波柔，一片瀲灩的藍光」，浮現在我眼前的，恰恰就是如此。記憶確實非常奇妙，終於到達香港時，反而勾起許多西雅圖歲月的記憶。那年離開台灣，其實也離開自己的青年時期。整個環境改變時，一夜之間也覺得自己變老了。三十歲的年代，似乎把我置放在時間的另一個高度，看待世界的方法也跟著改變。拉開了時間的距離，也拉開了空間的距離，反而可以更客觀觀察自己的生命。

到達香港，似乎也到達生命的另一個位置。不僅可以旁觀過去的時間歷程，更可以旁觀過去習以為常的價值觀念。瞭望眼前遼闊的海洋，彷彿是面對自己的前生今世，變得更為客觀更為遙遠，彷彿是從原有的時間脈絡抽離出來。當年劉紹銘在《小草叢刊》編輯一冊《陳映真選集》，從香港寄來台北，那時仍然是一位台大歷史研究所的學生，而且已經投入宋代歷史的研究。我無法忘情對現代文學的著迷，也無法放棄對陳映真的著迷。那是一九七二年的夏天，正在撰寫碩士論文，也正在準備出國留學。那冊像一方磚塊的小說集，容許我每天晚上閱讀其中的故事。陳映真當時正在獄中，一直沒有任何機會與他相遇，只有透過小說閱讀，在心靈上似乎可以貼近他一點點。一個政治犯所寫出的小說，在那風聲鶴唳時期也是最高禁忌。那是值得我紀念的生命記憶，在深夜裡捧讀他的書，彷彿可以感覺他是那麼神聖接近了我。

因為那本小說集，才使我對香港有一種莫名的憧憬。在那段時期，中國正在發生文化大革命，而台灣卻處於高度戒嚴時期。總覺得香港是一個開放自由的港口，在華人世界裡，那是僅有的精神出口。陳映真在那時期被捕入獄，那是非常關鍵的文化象徵。終於能夠到達香港，總覺得有一種心願已了的快意。如今香港已經回歸中國，我才發現曾經是最自由開放的政治雜誌《七十年代》已經停刊。時代在迴旋時，是那麼迅速，那麼目不暇給。面對魅惑的維多利亞港，前塵往事齊湧心頭，再次回到這個港灣，彷彿自己又再次被棄置在另一個天涯。

在時間旅途上，香港一直占有特殊的位置。它是言論自由的象徵，也是向全世界開放的港灣。曾經是宋代歷史研究者的我，開始接觸馬克思主義的歷史解釋，便是從香港獲得北京出版的學術研究。曾經被稱為「匪書」的出版品，全部都是由香港朋友海運寄來。那時也曾訂閱美國《新聞週刊》（*Newsweek*），也是由香港代理商寄來。那時才察覺，即使是外國雜誌也必須受到檢查。仍然記得中國發射第一顆人造衛星時，《新聞週刊》的報導也在海關被塗成黑色。那種內心感受非常難過，總覺得自己是一名可疑的思想犯。在那段時期，當權者的工作確實特別忙碌。對於書籍中有關政治的蛛絲馬跡，也憑著一隻敏感的鼻子嗅出來。香港對我所施放出來的吸引力，尤其強烈。在英國統治下，反而搖身變成華人思想的呼吸管道。

從九龍尖沙咀的天星碼頭，到香港中環的天星碼頭，總是要橫跨一片寬闊的海域。縱然可以穿越海底隧道的公路，還是覺得乘坐渡輪可以瞭望兩岸高聳的建築。渡輪接近中環時，總覺得龐大高聳的垂直樓房直逼我的胸口。那種氣勢，大約只有在紐約港才有同樣的感受。自己彷彿是漂流在海上的一枚落葉，強烈體會到生命是多麼渺小。正是因為強烈感受了魂魄的薄弱，我不能不對這個海上城市致以最高敬意。有一次是在黃昏時刻坐船赴約，中環龐大建築群一盞燈一盞燈逐漸亮起。風中閃爍不定的燈光，彷彿是對著我拍打密碼，或許不具任何意義卻讓我在內心浮起崇高敬意。殖民地時期的香港住民，他們在精神上，在靈魂深處仍然富有旺盛的生命力。戒嚴時期的台灣住民，也曾經遭到強權的羈禁，卻反而未能享有殖民地香港思想的自由，我才更加感覺戒嚴體制的不堪與不齒。

在中環登岸時，遮蔽天空的高樓四面八方逼壓過來。回望九龍沿岸的建築時，可以發現兩個城市的景觀存在著強烈對比。香港的建築風格已經進入後現代的時期，九龍還停留在現代時期的餘緒。中環一帶高樓已經突破了幾何圖形的構造，在造型上千變萬化。有的是尖端，有的是圓頂，建築的投影覆蓋在另一棟大樓的牆面，反而造成視覺上的錯覺，構成另一種奇異的美感。那是一種對現代主義反叛，也是一種視覺藝術的刷新。這次來訪，已經是一九九七之後了，回歸中國似乎沒有顯著改變。但是，與當地民眾交談時，絕對不會主動涉及政治。偶爾有些香港人知道我來自台灣，可以感覺他們特別友善。那種親切感，是我在北京或南京未曾感受過的。在英國殖民地時期，香港人可能是華人中最早享有言論自由的滋味。無法說任何粵語的我，可以使用北京話與他們溝通。除了語言不同之外，在民主與自由的層面上，彼此是共通的。

2

在華人世界的新加坡與吉隆坡，我在公開演講時，都可以毫不避諱談論台灣的民主生活。把民主當作共同語言，在華人世界確實有其限制。當年到北京參加蔣渭水研討會，就可以強烈感覺氛圍完全不同。在中國學者面前，除了魯迅可以作為共同話題，凡是涉及政治層面的議題，我都有意避開。言論自由與民主生活，從來不是從天而降，而必須經過社會裡各個族群勇於投入追求，才有可能抵達沒有任何禁忌的歷史階段。一九八九年天安門事件後的一年，我到達上海尋找有關謝雪紅的史料。那邊的教授特別提醒我，不僅不要公開討論謝雪紅的議題，也不要涉及台灣的民主運動。最初幾天，我感覺非常不習慣，但是經過一個星期之後，就完全融入當地的生活節奏。

到達香港，我也如此保持高度警覺。英國殖民者反而容許華人享有言論自由，也為當地居民規畫了非常便捷的交通設施。一個國家沒有民主價值的觀念，就不配稱為現代國家。我與一位香港華人教授交談時，特別提到中國科學可以把人造衛星發射到外太空，甚至也可以製造核子武器，卻完全無法容忍中國人民享有言論自由與思想自由。這是一種非常畸形的科學發展，也是非常畸形的現代國家。能夠受邀參加華人文學獎的評審，於我是一種榮幸。透過這樣的活動，我反而可以發現不同地區的華人，在思維方式與價值觀念上，確實存在著差異。正是因為有那樣的差異，才使得文學內容技巧變得更為豐富。尤其許多參賽者來自北京、南京、西安，他們的語法範式，確實與中國以外的華人有著強烈的差異。

從香港回望九龍，可以發現兩地的風景線截然不同。如果香港已經進入後現代階段，則九龍仍然還停留在現代主義時期。這種強烈的對比，正好可以對照出英國殖民者的城市規畫。回到九龍的天星碼頭時，才驚覺是典型的庶民社會。在街角的巷口，還可以看見小市民的餛飩撈麵。資本主義的高度發達，使這樣的小市民風景逐漸消失。香港如此，台北亦復如此。在高樓的陰影下，許多懷舊的文化次第消失。有幾個夜晚，刻意選擇坐在巷口的麵攤，只是為了回味一九八〇年代的陳舊記憶。麵攤主人的廣東話，似乎可以略懂一二，那種腔調又讓我強烈懷想童年時的故鄉麵攤。故鄉左營的麵攤主人是福州人，開口閉口都是福州腔。那種記憶的聯想，總是無端使我內心浮現濃郁的鄉愁。

在香港中文大學頒獎的那天，我與幾位評審教授坐在台前，來自北京的陳平原、上海的王安憶、馬來西亞的黎紫書，以及來自台灣的駱以軍、單德興都坐成一排。前面階梯式的聽眾席，也坐滿了學生。那種龐大的場面，在台灣已經不可能出現。那是我第一次發現，香港中文大學所帶動的文風，是如此令人感到震懾。香港的地利之便，背對中國大陸，面對廣闊的南海，足以承擔華文書寫的重大任務。與在場的香港教授交談時，更可以感覺他們的謙遜有禮。文學的力量有多大？在現場可以聽到不同發音的華語，卻因為文學作為媒介，而使得不同的心靈可以互相看見。文學的力量也許沒有任何聲音，卻總是在沉默的時刻，在字裡行間，在抑揚頓挫之間，讓我們感受到洶湧的魂魄。

窗外是起伏的山林，是鬱鬱蔥蔥的南國風景。對照著室內文藝氣息，讓我內心浮起一陣莫名的感動。在場的聽眾都操著南腔北調，卻因為懷抱著對文學的尊敬，而平靜坐在一起。階梯式的座位疊疊升高，所有眼睛都聚焦在獲獎人的身上。那是一種尊敬的注視，也是對文學行以注目禮。我之投入文字書寫，始於自己的十八歲青春時期。那時並不知道生命即將展開一次遠航，那時只是想嘗試一下水溫，卻從未設想未來的航行。到達香港時，我的書寫已經超過半世紀。從台灣抽離出來，反而可以更清楚回望自己的遠航旅路。年輕時，從未嘗到獲獎的滋味，只是默默埋首書寫，也不敢奢想有任何讀者。五十年的時光，拉出一條起伏的命運跡線。看到年輕寫手上來領獎，我才驚覺距離當年出發時有多遙遠。那是一種心甘情願的投入，也是一種永不後悔的介入。

我不可能離開自己來旁觀自己，卻因為旅行到另外一個城市，與台灣海島保持一定的距離。那好像站在另一個海岸，回頭看見自己的前半生。書寫，不停的書寫，終於讓自己看見命運的跡線。這樣的命運不是由誰來安排，完全是由個人自主的決定。因為留下了文字，生命才沒有消失。過往的瑣碎歲月，最後都儲存在自己的文字裡。在頒獎現場，見證那麼多年輕寫手上來領獎。他們也都準備要出發，也都可能後半輩子以自己的文字作為生命見證。他們的身影，彷彿就是我年少時期的魂魄。我後來終於沒有放棄書寫的道路，因為已經感受到文字的力量。失去這些文字，也就失去我生命的軌跡。每當埋首書寫時，彷彿就是把那神祕的時刻存留下來。書寫之際，就是與內心靈魂對話的時刻。那種自問自答，也是一種自我鞭策。希望能夠讓生命挖掘得更為深刻，而終於可以看見靈魂的形象。

坐在亞細亞大陸的南端，反而可以感受自由空氣的呼吸。那種心情，與當年到達上海或北京時，截然不同。北方那邊土地那麼寬闊，卻無法享有漫無邊際的自由。無論是在上海或在北京，總覺得有一隻耳朵正在竊聽，有一隻眼睛正在偷窺。站在天星碼頭瞭望維多利亞港時，那種感覺截然不同。香港已經回歸中國，那種自由的空氣也慢慢被收回。我想到余光中曾經來過這裡，楊牧也來過這裡，但那都是九七回歸之前。我也可以感覺空氣已經開始發生變化，在天星碼頭的來回，其實是為了對香港作最後的回眸。

香港回歸前，我曾經來過一次。回歸後，又來造訪兩次。這個城市見證了我的中年，也見證了我的晚年。兩個天星碼頭之間的海水，看來是如此平靜。那種善良，那種友好，我樂於靜靜地保存在我內心。再次看到天星碼頭時，我正要奔赴香港機場。有時總會告訴自己，如果不涉入政治那麼深，也許對香港的命運不致那麼關切擔憂。然而不然，我還是情不自禁對善良的維多利亞港，投以最後回眸。告別這個城市，其實也是告別我後中年時期的記憶。

二〇二〇年七月二十日　政大台文所

彩虹旗與太陽花

1

關在研究室埋首寫書時，往往是無懈可擊的時光。早年的黑名單身分，終於在我與學術之間築起一道高牆。身為一位人權工作者，我不可能把台灣社會關在窗外。在世紀之初，到達政治大學校園時，台灣民主運動已經完成政黨輪替。那是我生命過程中的重大事件，尤其在成長過程中已經非常熟悉黨國教育。那種教育體制，是一種天羅地網的封鎖。回到台灣的第一件工作，竟然是民進黨收留了我。為了解決自己的黑名單身分，唯一能夠介入台灣社會的途徑，便是投入政黨工作。在那段艱苦的工作過程中，竟然經歷了三次重大選舉。那是台灣解嚴後，國民黨終於扮演競爭者的角色。一位溫良恭儉讓的讀書人，終於可以與黨國體制公開對決，一直是我海外時期的心願。從國會選舉到地方選舉，又到達院轄市長選舉，那可能是生命中充滿快意的階段。

在政黨生活過程中的內心底層，我一直懷抱一個心願，就是完成自己夢想中的一部台灣文學史。遠在海外流亡時，就已經暗自立下心願，期許自己在有生之年完成這樣的書寫。歷經靜宜大學、暨南大學之後，終於抵達曾經是黨國體制的政治大學。遠離政治以後，終於完成了心情的轉換。只是在授課之際，很擔心自己變成一名學究，更擔心自己與台灣社會脫節。歷史的旋轉非常迅速，卻不像木馬旋轉那樣永遠停留在原地。脫離威權時代的台灣社會，其實是脫韁野馬，再也不是任何圈套可以勒住。回來台北的第一個夏天，立刻就目睹公民社會運動的熱烈演出。身為台灣歷史與文學的研究者，目睹台灣社會在轉身之際，釋放出來的光與熱都讓我深深感受。仍然記得在舊金山的台北辦事處，在給我簽證之前，要求我寫下切結書。其中有一條便是承諾不參加街頭遊行，我當場就拒絕了。

內心深處一直相信，人權價值高於世俗的政治。人權就是人權，不能打任何折扣。如果當時我在切結書留下名字，到今天我一定引以為恥。那時目睹爭取女性權益的遊行隊伍，緩緩走過濃蔭密布的台北市仁愛路，內心非常感動。性別議題、階級議題、族群議題，曾經都被壓伏在戒嚴令下。一九八七年解嚴之後，曾經被壓伏在威權統治下的公民社會，彷彿是湧出的泉水那般，甚至更像是火山爆發那樣，在街頭巷尾都可以見證反抗的力量。那時非常慶幸自己回到台北，至少在歷史洪流湧現之際，終於使自己沒有缺席。站在女性遊行的隊伍裡，更加覺得自己是男性是多麼懦弱無力。站在隊伍裡跟著呼喊口號，強烈感覺到台灣社會旋轉的力量。

生命中有太多抉擇的時刻，一旦錯過，便不可能重新再來。這樣的參與，使一位在台灣缺席長達十餘年的書生，終於找到一個投身介入的切口。那年夏天，我看到一個不一樣的台灣，也預見一個不一樣的歷史。從前在海外，只能以手上的筆干涉社會。回到海島，所有遙遠的口號都變成切身議題。能夠這樣投身介入時，才驚覺自己的生命也正在改變。信念與信仰，不再屬於個人的事情，而是與台灣社會緊密銜接在一起。在加州時期，我曾經被國民黨特務定位為「台獨分子」。我一直把它視為一種榮耀，從來都不會感到惶恐。在內心深處，我只是把自己定位為一個公民。台獨，只是我公民運動中的其中一項。

其實女性、族群、階級的議題，都可以歸入人權的範疇。一九九二年夏天，我走在女性遊行的行列裡，突然來了一場暴雨。隊伍中有人開始撐傘或穿上雨衣，而我一無所有，全身淋濕。走在中山南路之際，路邊有一位行人送來一把傘，讓我撐起。那時心裡非常感動，那是一位完全陌生的人，卻也因為同樣關心這個議題，在雨中伸出了援手。那年夏天的雨，到今天我還是無法忘懷。在剎那的時刻，其實兩個心靈已經交會，而且也擦出火花。在雨中繼續走下去時，有一種隱隱燃燒的溫暖，伴隨著走到盡頭。那時我才有更深一層的體認，公民運動並非在取暖，而是在於糾正不公平的制度。

走在群眾中間，其實誰也不認識誰，卻因為同樣的關懷而走上同樣的道路。隊伍解散後，便各自東西，彼此所關心的議題則繼續燃燒下去。時間很長，道路更長，那是一種精神的凌遲，並不知道彼此的追求是否終於實現。在上世紀的九〇年代末端，才初次見證女性權益獲得立法保護。那是一次翻天覆地的立法，如果熟悉在那之前的歷史，女性權益永遠屈居男性之下。千百年來的男性中心論，似乎就是文化不可分割的一部分。我父親那個時代，並不覺得女性有任何委屈，能夠相夫教子就是一種幸福。然而在幸福的假面下，女性所受的各種凌虐完全在法律之中遮蔽不見。

時代浪潮湧起時，總是會帶起社會底層沉澱許久的力量。我沒有趕上吳鳳歷史平反的一九八三年，以那次運動為起點，社會底層的力量緩緩崛起。進入一九九〇年代之後，正好迎接社會邊緣的議題，不斷釋出能量。每次運動的出發點，都是在總統府前的凱達格蘭大道集合。站在廣場的群眾中間，往往忍不住回望總統府的建築。在那之前，是屬於日本殖民統治的總督府，後來又由蔣家父子在那裡統治。他們不是民選的領導者，所以只能用統治一詞來形容。在威權體制下，所有的文化毫無例外都是漢人中心論、男性中心論、異性戀中心論。這種中心論的唯我獨尊，完全是由儒家思想所延伸出來。長期的戒嚴，使整個社會的思考都受到規範。

那時才回到台灣不久，已經非常熟悉西方社會的價值觀念。表面上那是一個男女平權的社會，實際生活裡女性所受到的歧視，還是隨時可見。尤其印第安人所受到的欺負與屠殺，在好萊塢電影裡更是非常清楚。一九八〇年代在加州的時期，知道阿里山的鄒族青年把吳鳳銅像拉下來，心裡已經非常明白台灣社會開始轉變。在肅殺的威權統治下，這種強烈的政治抗議仍然持續發生，已經清楚顯現威權統治的動搖。

在雨後的中山南路遊行時，想像著一九七〇年代在台大讀書的情景。那時總是在台北車站坐公共汽車，從中山南路接羅斯福路到達台大校門口。那是非常苦悶的年代，即使在釣魚台運動爆發時，也只能在校園裡看見零零落落的海報。至少對於二二八事件出生的一代，凡是與政治銜接的議題，都被勸告要保持距離。甚至當時所發行的《大學雜誌》，也陸續報導海外釣魚台運動的發展。同學之間似乎有一種默契，盡量不提與事件相關的新聞。那是一個近乎窒息的時代，每位朋友都尋找自己的方式呼吸。我可以感覺自己的內心在燃燒，一股火焰幾乎要從胸口冒出。最後還是壓抑了自己，保持木然的表情。回首望向那個年代，才知道自己有多怯懦。

2

二〇一四春天，是一個完全不一樣的季節。校園裡所有的花都開了，尤其是鳳凰木也迫不及待開枝散葉，在我書窗外面隨風搖曳。我到達教室時，才發現許多學生翹課。在大學部我通常開兩門課程，一是台灣文學史，一是文學批評。我從來都不會點名，只要走上講台，便按照進度開始上課。看到教室裡那麼多空著的椅子，不免覺得詫異。那時非常好奇問教室裡的學生，為什麼那麼多人缺席，學生說他們都在立法院。原來我的學生也參加了太陽花學運，他們所反對的是《海峽兩岸服務貿易協議》（CSSTA）。只要這個協議通過，中國的工程服務、銷售服務、旅遊相關的服務，將大舉進入台灣社會。這等於是門戶洞開，是大鯨魚吃小蝦米的不公平協定。這個事件的爆發，也吸引政大學生的參與。

政大學生邀請我在山下的言論廣場演講，那是在運動場旁邊的露天空間。演講正要開始時，突然開始下雨。當年的校長是吳思華，他請一位工作人員來邀我到行政大樓演講。現場所有的學生，也跟著我到室內大廳。我第一次感受到青年學生的危機感與迫切感，他們都是用功勤勞的青年。有些面孔是我班上的學生，有些面孔則是來自校內不同學院。前後一個小時的演講，聽眾似乎越擠越多。演講過程中，不時可以聽到他們歡呼回應，我才深深感受他們的危機感是如此強烈。

這個校園的文化其實並不保守，距離從前的黨校文化越來越遙遠。曾經是培養黨國精神的學校，如今已經對所有的政黨文化完全開放。演講結束時，我讓學生聽眾提問，每個問題都充滿了焦慮。站在台前，我強烈感受到台灣已經不一樣，學生的特質也徹底不一樣。最後在離開前，我向學生呼籲「我們在凱達格蘭大道相見」，現場立刻爆發出一陣歡呼。那種激情也深深感動了我，台灣歷史正在改寫，公民社會也正在建構。我很慶幸自己趕上這個時代，也慶幸自己可以在心靈上與學生互動。

那天晚上，我受邀在立法院側門演講，已經察覺整條濟南路擠得水洩不通。在鐵欄柵裡面站滿了鎮暴警察，他們頭戴鋼盔，手持盾牌，表情非常嚴肅。但是欄柵外的青年學生，彷彿是嘉年華那樣，在演講台前坐滿了地上。我演講完後，立委尤美女引導我走入立法院會議廳。曾經是非常嚴肅的立法院，樓下樓上都貼滿了標語。演講台前，羅列著好幾台攝影機，都是由電視公司派駐現場。我也受邀上去演講，強調學生的力量不可忽視。一個時代正要轉彎，能夠完成時代的改造，唯青年可以勝任。我沒有趕上一九九〇的野百合運動，即使遠在加州，也可以感覺自己的血脈跟著燃燒。那次運動受到李登輝總統的加持，也協助他完成了國會的徹底改造。這次的太陽花運動，也成功阻擋了馬英九所構想的服貿協議。

在我有生之年，能夠見證時代洪流的沖刷，讓我不能不對年輕世代另眼相看。他們不只是在寫歷史，也是在改變整個政治生態。每一個成年人手中都只擁有一票，看起來是多麼薄弱不堪。他們匯集起來時，便形成浩浩蕩蕩的洪流。在校園裡，我只是一名文學教授。只要靜靜寫書，靜靜投入研究，就可以完成身為學者的義務。有時我比較傾向於相信，知識分子不能只是盡義務，而是應該投身介入，才有可能證明知識的力量。第二天，我看到凱達格蘭大道坐滿了青年學生，甚至也延伸到中山南路口的監察院大樓。從景福門望向總統府到處都是人海，在現場所有的手機網路完全失效。凱達格蘭大道的盛況，似乎改寫了台灣民主運動史。能夠在現場見證，靈魂深處有一股顫慄。尤其現場傳出〈島嶼天光〉那首歌時，整個場面到今天想起時，還覺得刻骨銘心。

台灣就是一個歷史現場，整個社會瞬息萬變。旅行過那麼多國家，從日本、韓國一直到美洲的城市。從美國東海岸一直到歐洲巴黎、倫敦，總覺得台灣充滿了生命力。我慢慢覺悟，民主社會的誕生，往往是在分分秒秒慢慢孕育起來。記得在阿姆斯特丹停留時，運河上的渡輪，街道上的高樓，處處懸掛著彩虹旗。甚至跨越馬路的斑馬線，也以彩虹顏色繪成。第一次到達那裡時，心情上頗受衝擊，原來一個開放的社會，並非只是強調民主制度。性別平權，一直是最難跨越的關卡。尤其是天主教、基督教國家，文化都傾向保守。走在運河的跨橋上，總是可以看見兩岸古典的建築，高高掛著彩虹旗。

第一次在阿姆斯特丹漫步時，往往可以聞嗅到大麻的菸味。我終於明白，甚至吸食大麻也是合法的。那種開放，跨越了種族，跨越了性別，跨越了階級。所謂文化歧視，在荷蘭幾乎是非常罕見。公民權利是所有民主制度的基礎，那麼小的荷蘭國度，在面積上幾乎與台灣差不多大小。但是在文化內容上，反而特別繁複。天主教與基督教崇拜，同時可以存在。早年的清教徒在英國受到迫害，他們逃亡到荷蘭，又從阿姆斯特丹遠渡到美洲波士頓。運河縱橫的這個城市，規模有限，而文化卻非常龐大。

一個國家的強大，並非表現在物產有多豐富，版圖有多遼闊。終於能夠理解一個國家的深度，往往不是表現在人口與領土的多寡，而是表現在文化的寬容與包容。能夠那樣思考時，我對台灣社會的理解也開始改觀。長期在黨國教育下，已經習慣物產豐饒，版圖遼闊的觀念。這種教育並非是以百姓為主體，而是以統治者的私欲為主軸。有一天終於可以與女性、同志朋友並肩走在街頭，才慢慢覺悟台灣是一個文化寬容的強國。人行道上的什麼地方，飄來「We shall overcome」的歌聲，驟然把我的記憶立刻拉回一九七〇年代的西雅圖。在華盛頓大學校園，看到一群學生展開反越戰的示威。他們就是唱這首歌，在學院大樓之間環繞遊行。那不是空洞的歌聲，而是集體意志的共同展現。

走在街頭，我也強烈想起台灣的一九七〇年代。在那段戒嚴肅殺時期，總是出現太多禁書。而那樣的禁書，其實是自由主義思想的展現。所有的禁書在地下流傳時，往往變成暢銷書。那時並沒有任何排行榜的行銷，而偷窺禁書的欲望，卻使民主思想宣揚得更加廣闊。從那個時代走出來的我，如今已經可以走入群眾遊行的行列，才強烈感覺歷史的突變有多巨大。我只是群眾隊伍裡一位沒有名字的人，能夠參與台灣歷史的改寫，整個心情便完全不一樣。

身為台灣歷史的研究者，可以感受到整個海島改變之際，正在轉換軌道。被形容為歷史文化的弱者，如女性、同志、原住民曾經遭到各種中心論的貶抑，如今可以在台灣社會發出聲音，這是我一直感到驕傲的事。我在中正紀念堂捷運站等車時，一位陌生的青年走到我的旁邊，低聲向我說謝謝。我回頭準備與他交談，卻只看到他遠去的背影。即使沒有任何對話，卻有一種靈犀默契的感覺。在這個城市裡，總是還有一些族群受到邊緣化。這不是一個完美的社會，恰恰是那樣不完美，我更加覺悟必須繼續努力。

二〇二〇年八月二十日 政大台文所

到達延安的道路

1

最後一次造訪北京，是在二〇一三年夏天。那年八月，台北發生了白衫軍運動，開啟了台灣社會大規模的公民抗議。整個事件的爆發，起因於充員兵洪仲丘在軍中遭到虐待而亡。那是一個非常炎熱的暑假，整個台北街頭到處蒸發著熱氣。因為是盆地的緣故，整個城市都在蒸騰中。由於洪仲丘在軍中遭到不公平的待遇，體罰過程中，他的身體不堪負荷以致氣竭身亡。這個體罰事件，立刻引起整個台灣社會的強烈反應。每位年輕的台灣公民，到達服役年齡時，都是無可迴避的義務。洪仲丘的命運，似乎也是整個年輕世代的共同命運。那種震撼，可以說前所未有。幾位互不認識的網友，終於在網路上成立「公民 1985 行動聯盟」。

八月三日下午，總統府前面的廣場聚集了十一萬群眾。每位參與者都穿上了白上衣，而且都各自從網路下載一張眼睛的圖。他們全體坐在凱達格蘭大道上，高舉著那張眼睛。一直到黃昏時，空照轉播所顯現出來的影像，彷彿大地鋪上了一層白雪。就像戲劇《竇娥冤》的場景，夏天裡下了一場雪。洪仲丘的冤屈有多深，從那場白衫軍的群眾就可彰顯出來。很少有如此自動自發的群眾運動，事先沒有經過宣傳，只是在網路上彼此串聯，終於造成如此震撼的場面。台灣公民運動的成熟，從這一幕就相當完整反映出來。當時台大醫院的醫師柯文哲，也在網路上參與這個行動。他獲得記者的矚目特別集中，因為他曾經表示將參選台北市長。這場白衫軍運動，似乎加持了他的參選計畫。

第二天，我接受黃煌雄的邀請飛往北京，準備參加那裡主辦的蔣渭水研討會。黃煌雄是最早研究蔣渭水的第一人，在戒嚴時代，凡是有關台灣歷史與文學的任何書籍都受到查禁。黃煌雄在台灣最寒冷、最蒼白的歷史階段，就已經開始孤獨而寂寞地挖掘台灣的歷史記憶。他完成那部傳記時，彷彿是冰山一角，已經強烈暗示台灣社會底層對海島歷史記憶的飢渴。蔣渭水的歷史意義，就在於彰顯日本殖民統治下島上住民的政治願望。我的台灣文學研究與歷史研究，都不能繞過蔣渭水而進入海島的靈魂核心。黃煌雄進行蔣渭水生命的書寫時，我仍然把自己鎖在中國歷史的囚牢裡，而且是鎖在第十二世紀的宋代歷史。

遠在海外流亡時期，我最早的台灣史啟蒙其實是葉榮鐘撰寫的《台灣民族運動史》。沒有經過那本重要著作，我不可能找到日後的台灣精神座標。黃煌雄有關蔣渭水的書寫，等於開啟我的另外一隻眼睛，最後發現了波濤洶湧的台灣左派抗爭史。黃煌雄邀請我飛到北京，大概是因為我完成了一部《謝雪紅評傳》。如果蔣渭水是右派的領導者，謝雪紅就是左派的先鋒者。他們在殖民地時期的反抗運動，分別占據左右兩個立場，在某種程度上是相輔相成。在過程中，兩個人曾經有過意識上的衝突，卻完全不影響反抗日本殖民的進程。

我們坐在桃園機場的候機室等待時，才知道柯文哲也是同行者之一。一起北上的成員還包括台大歷史系的吳密察，與台大外文系的廖咸浩。到達北京機場時，似乎受到特別待遇，主辦單位特地派來轎車在機翼下等待我們。那樣的招待，讓我覺得頗不尋常。完全毋需任何入關手續，轎車在機場內奔馳直達貴賓室，就在那裡以台胞證入境。受到這樣的招待，心情非常不舒服，總覺得那是一種全程的監控。一位領導人出面歡迎，把未來五天的行程都已經安排妥當。從機場出來直奔天安門廣場附近的北京飯店，會場就在那裡，投宿也在那裡。行程的安排非常緊湊，完全沒有私人時間單獨出外。

第二天早上，就在北京飯店的會議室正式舉行討論。原來那是一種閉門的會議，完全沒有任何聽眾。這樣的形式，完全與我的想像截然不同。柯文哲也參加會議，但是他討論的不是蔣渭水，而是播放白衫軍運動的幻燈片。記憶中，他把為洪仲丘抗議活動的準備過程，在現場一一介紹。這大概是中國共產黨員第一次看見台灣公民運動的遊行規模，在他們內心也許感到震撼，卻完全不露聲色。幻燈片到達最後一張時，柯文哲說：「從這個現場照片，你們大概就知道台灣公民運動的紀律有多高」。原來最後一張幻燈片，是總統府廣場一片空蕩。他提醒在座的出席者說：「這就是凱達格蘭大道，你們有沒有注意到地上完全沒有垃圾或紙張」。他特別強調，公民運動的精神不只是在表達每個人的政治意見，同時也要彰顯他們是如何遵守社會的紀律。現場出席者一片沉默，沒有任何人提出問題。這大概是北京共產黨員，第一次認識到台灣群眾運動的真實面。

中場休息時，會議成員走到外面，才發現一群台北記者堵住了出口。我內心頗感訝異，自問這個會議有那麼重要嗎？柯文哲隨後出來，所有的攝影機與麥克風堵住了他。每位記者都提出同樣問題，「柯先生你是不是決定參選台北市長？」我才知道白衫軍運動是一個事件，柯文哲是否參選市長也是一個事件。那時我才知道台灣記者是多麼敬業，為了爭取頭條新聞，他們也遙遙跟隨到北京。現在已經忘記他如何回答，但是柯文哲變成頭條新聞確實讓我感到意外。從北京飯店的窗口可以望見天安門廣場的一角，那裡就是曾經發生六四大屠殺的現場。

內心深處微微起了波動，我暗暗自問，中國共產黨是依靠人民的力量崛起，如今卻變成中國人民的最大壓迫者。歷史從來都充滿了嘲諷，當革命者搖身變成統治者，他們已經完全忘記曾經被壓迫的滋味。他們在壓迫善良百姓之際，可能也徹底遺忘了當年所受到的壓迫。

第一天早上的會議結束時，中午有三個小時休息時間。我臨時起意，希望能前往北京的魯迅故居參觀。我問主辦單位的負責人，是否有足夠時間外出。我表示對魯迅故居有很大興趣，請他們為我安排。他們立刻招來一輛公務車，專程帶我到不遠處的地點，位於北京阜成門內西三條二十一號的魯迅故居。驅車大約十餘分鐘就到達，對我而言，那是一種致命的吸引力。畢竟從二十八歲左右就開始閱讀《魯迅全集》，他在北京所寫的《華蓋集》與《野草》都在這裡完成。到達時，可以望見一幢古典的四合院建築。嚮往如此之久的願望終於實現，讓我感覺自己的心跳驟然加快。

當年閱讀魯迅的散文〈故鄉〉，描述著他離開浙江紹興時的心情。這篇短短的散文，已經成為東亞魯迅學的共通讀物。他離開故鄉，陪伴母親到達北京。定居之處，就是眼前的這一棟四合院。那時心情非常矛盾，這位生前爭取言論自由、思想自由的作家，可能未曾想過後來共產黨所統治下的人民，完全喪失了言論自由。尤其車子經過天安門廣場時，內心確實是五味雜陳。在魯迅故居的庭院裡，我徘徊許久，也不免想起魯迅與他弟弟周作人的齟齬。

如果沒有到達北京，魯迅故居大概一直是我的想像。尤其自己曾經接受過歷史訓練，時間感特別強烈。對於一九二〇年代魯迅正在崛起之際的影像，在感情上不免有些眷戀。

2

這是我意外的旅行，也是我意外的探訪。站在魯迅故居的樹影下，覺得已經不虛此行。下午匆匆趕回北京飯店，又繼續未完的議程，整個心思仍然遺留在魯迅故居。我宣讀自己的論文時，一直覺得有些時空倒錯。我的論文是在討論一九二〇年代台灣文化協會的兩度分裂，也在討論蔣渭水在歷史跌宕的過程中所扮演的角色。在宣讀時，可以察覺中國的與會者似乎並不專注聆聽。以蔣渭水為名義的討論，只是一個非常表面的名目。或許藉由這個議題，他們可以探測台灣學者的思維方式吧。黃昏時會議結束，主辦單位詢問是否有參訪的意願，他們可以專程安排。後來我提議想要去探訪延安，台灣的出席者也都同意。在晚宴時，主辦單位就已經安排好行程。第二天，坐飛機直接到達延安。

我們被安排的房間都非常舒適，與國際觀光飯店沒有兩樣。只是停留相當短暫，第二天早上直奔北京車站。我們受到安排乘坐高鐵，入口處擠滿了乘客。主辦單位特地另開方便門讓我們進入，順利找到自己的座位。在旅途上，我才發現高鐵車票上印著我的台胞證號碼。

這是對旅客行蹤的掌控，甚至中國的公民也同樣受到如此待遇。從座車的窗口，可以看見中國農村的景象，越進入內地，越感覺中國的版圖是如此遼闊。到達西安車站時，才感覺人口稍微熱鬧一點，不免想起西安事變的歷史故事。身為受到史學訓練的人，總是對於時間與空間特別敏感。曾經在文字上閱讀中國近代史的人與事，記憶反而是清晰的，只是地理環境於我是如此陌生。遊覽專車已經在車站外等待，直奔延安。可能是暴雨的緣故，車子跨越橋梁時，我們可以看見窗外河流的急湍，泥水滾滾，極為壯觀。

車上導遊說，一場水災剛剛結束，許多橋梁發生坍塌。大約黃昏時，終於到達延安。那裡也才發生過水災不久，我們被安排住在街上的旅館，整個行程非常倉促。那天晚餐時，也吃了一道蘭州拉麵，整個口感與日本拉麵全然不同。整個旅程太過疲憊，晚餐後不久便立刻入睡，那可能是少有的深沉睡眠。第二天早上七點兀自醒來，從窗口外望，才發現一條泥水滾滾的河流洶湧而過。也許那是傳說中的延河，暴起暴落的河水挾泥沙俱下。可以看見附近的窯洞，洞口加上門窗，便是一般百姓的住屋。當年毛澤東遭到國民黨的圍剿，一路從江西瑞金被驅趕到這山川形勢險峻的地點。從來沒有人想過，毛澤東所率領的共產黨，在這貧瘠的土地埋鍋造飯，躲過國民黨的圍剿。所謂延安精神，指的就是共產黨員的革命情懷。

仍然記得在一九七四年西雅圖的華盛頓大學，從東亞圖書館借出四冊《毛澤東選集》。

那可能是我最早接觸毛澤東思想，也因為如此對於何其芳、卞之琳的投入革命，抱持高度的好奇。在我晚境的內心，能夠實現年少時期的嚮往之夢，才深深感覺不虛此行。八月二十三日下午，我們被安排參觀延安革命紀念館。我與黃煌雄站在前面的廣場，毛澤東雕像的旁邊合照。如果這是戒嚴時期，我們回到台灣一定遭到逮捕。歷史環境已經改變，政治條件也跟著改變。我深深感覺自由的滋味是何等符合人性，生而為人，不應該受到政治意識型態的控制。來到這麼遙遠的陌生土地，其實也是在憑弔年少時期的夢想。當年偷看禁書的滋味，已經從我生命飄然而去。

第二天再次飛回北京時，我們受到招待去參觀國家博物館。再次經過天安門廣場，內心也是懷著悼念的情緒。畢竟六四天安門事件所流淌的血，在我記憶裡從未拭乾。一個國家的偉大，並非表現在對人民的壓迫，而是應該讓手無寸鐵的百姓，可以表達他們的自由意志。國家一直在壓迫人民，因此走在博物館裡，我內心從未生出任何敬佩。接受招待，其實也是接受共產黨的監視。總覺得內心底層壓抑著一股悶氣，有時需要深呼吸，才能跟自己共處。

北京之行的最後一個晚上，我們被招待去參觀人民大會堂。全國人民代表大會就在這裡舉行，抬頭可以看見一個巨大的燈罩俯視全場。我們被安排在「台灣廳」座談，與我們會面的是台灣民主自治同盟的成員。這個組織當年是由謝雪紅領導，一九五八年反右運動時她被公開鬥爭。一九六六年文化大革命爆發，她又再次被群眾鬥爭。那次見面，讓我心情非常複雜。畢竟我寫過《謝雪紅評傳》，對於這個組織內部的政治生態相當熟悉。我們沒有想到安排坐在我旁邊的，竟然是林毅夫。他是傳說中在金門服役時，泅泳到對岸廈門的逃亡者。如今他已經是中國崛起的背後推手，也是中國駐世界貿易組織的代表。

他坐在我旁邊，不止一次表示他非常想念台灣。他是宜蘭人，仍然說著宜蘭腔的台語。談話之間，可以感覺他對我也做過調查，知道我是國民黨的黑名單，也知道我曾經擔任過民進黨文宣部主任。那是在北京的最後一夜，內心非常清楚此行也是最後一次的造訪。我走過錯綜複雜的年代，也走過非常遙遠的旅路，但我更相信林毅夫已經走向了不歸路。如果他也在台灣，或許這輩子我不可能與他有任何見面的機會；卻必須在遙遠的北京，我們居然隔座相互談話。對於他的逃亡過程，他隻字不提。我也覺得那是非常敏感的議題，刻意避開不談。

離開北京的時刻，內心相當明白，這是最後一次的訪問。身為一位歷史研究者，我很清楚時代的錯綜複雜，也更清楚台灣與中國之間的隔閡。尤其已經習慣了民主的生活，而且也享有言論自由。在北京街道巷弄穿梭之際，總是有一股龐大的陌生感在內心浮起。從小就被教育中國歷史與中國地理，甚至也閱讀了無數中國文學，卻無法讓我有任何親切感。即使不談政治制度，日常的生活方式與思維模式，也存在著極大差異。從前在知識接受過程中所形塑的中國，似乎與我所目睹的中國現實，完全無法銜接起來。

飛機從北京機場起飛時，不知道為什麼在停機坪等待兩個小時以上。坐在機艙裡，空氣特別悶熱。所有旅客都焦慮地望著機場跑道，飛行員與服務員完全沒有給任何解釋。班機可以延誤如此之久，似乎與中國崛起完全無法對應。內心非常焦灼，經過一個星期的中國旅行，彷彿處處受到監視。所有的旅行與移動，都必須經過官方安排。自主與自由意志，徹底遭到剝奪。最初只是接受邀請到北京參加蔣渭水研討會，我們從台灣帶來的論文，似乎也只是一種藉口。飛機終於起飛時，內心非常明白，這是最後一次中國之行。

二〇二〇年九月二十日 政大台文所

夏威夷海岸

1

夏威夷一直是我的夢幻之島，是我永遠無法企及的夢土。一九七四年夏天飛往西雅圖時，中途在夏威夷停留，才發現那裡的陽光特別豔麗。到達那裡時，北美洲已經是秋天的季節，夏威夷仍然是豔陽照射的天氣。短暫的停留，卻在記憶中逐漸升格成為一座夢幻之島。從來沒有想過有一天還能夠再來造訪，就在我逐漸靠近向晚的歲月。二〇一六年，兒子全家在夏威夷度假，也邀請我們一起共享無懈可擊的時光。那是我內心中的夢幻之島，受到邀約時一直不敢置信。從前接受黨國教育時，知道孫中山曾經在那邊傳播革命理念。那是我最早聽到有關這美麗群島的名字，縱然曾經在美國讀書，也長期流亡過，卻似乎沒有任何能力可以飛到那裡。

那年七月的一個晚上，從桃園中正機場出發時，心情仍然停留在亢奮狀態。長期的長途旅行經驗，似乎已經習慣深夜的飛行。將近十餘個小時之後，飛機就已經到達夏威夷群島的上空。打開機艙的窗口外望，非常訝異底下就是一片藍色的海洋。飛機在群島之間環繞時，可以看見平靜的海上正有無數白帆慵懶地航行。這是不一樣的海洋，也是不一樣的天空。從內心深處湧起的時間感，也是不一樣的節奏。那些海浪，那些白雲，似乎在傳達信息給我，要我鬆綁緊繃的情緒。飛機在火奴魯魯（Honolulu）海灘上空盤旋時，整片大海向四面敞開看不到任何邊界。林亨泰的短詩〈風景〉在那時刻無端升起，最後兩行如此鋪陳：

然而海　以及波的羅列
然而海　以及波的羅列

詩人林亨泰以他的想像，描摹大自然的風景。從前閱讀時，那是平面的文字，如今看見夏威夷的海洋，卻完全立體起來。特別是飛機開始降落之際，傾斜的機艙讓我錯覺地感受到海的深邃。彷彿是縱身投入那樣，無邊的藍色急遽向我潑灑過來。速度的快感，顏色的縱放，讓全身每一寸肌膚都產生了顫慄感。飛機在跑道奔馳時，整條跑道都是燦爛的陽光，簡直無法逼視。身體裡面的血液，一直處在燃燒狀態。一方面可能是就要與自己的孩子、孫兒見面，一方面可能是嚮往已久的群島如此生動浮現在眼前。進入海關時，立刻可以聽到許多不同的語言，也可以看到不同膚色的觀光客。其中最多是日語口音的旅客，後來才知道夏威夷是日本新婚男女的嚮往天堂。

走出海關，兒子媳婦與孫兒已經在那邊等待。尤其是小孫兒立刻衝過來，投入我的懷抱。我們並沒有走出機場，而是必須轉機飛到另一座島嶼卡阿那帕里（Kaanapali）。仰望天空，瞭望海洋，似乎都找不到盡頭。如果不是有那麼多觀光客擦身而過，這裡無疑是一個受到遺忘的世界。坐上小飛機時，才知道自己穿得過於正式。機上的男男女女都一律穿著短褲與花襯衫，每個人的神情是那樣輕鬆，那樣毫無拘束。從一個島嶼飛到另一個島嶼，簡直分不清天空與海洋的界線。從窗口外望，依稀可見有些山頭仍然在冒煙。原來那是活火山，每過一段時期，總是會爆發，冒出炎熱的岩漿。這仍然是相當年輕的島嶼，經過數千年的形塑與再形塑，到現在還未嘗停止下來。島與島之間，有許多白帆正在海上迎風破浪前進。燦爛的陽光下，時間的速度驟然變得從容而緩慢。

經過將近半小時的飛行，終於到達卡阿那帕里。那時才覺悟，我們是從一個天堂飛到另一個天堂。飛機在小島的機場降落時，開闊的海洋仍然在後面追逐。走出機場時，我暗自提醒自己，就暫時把瑣碎的節奏與事務完全撇開。此刻就要重新開啟毫無負擔、毫無罣礙的日子，縱然只是一個星期而已，就容許自己在這裡重新做人。原來兒子一切已經計畫好了，他特地租一輛六人座的客車，可以在這個小島縱情奔馳。

兒子坐在駕駛座專注開車時，我不免想起他的童年。一九八〇年代全家住在聖荷西時，常常有許多黨外人士來家裡聚會。特別是美麗島事件的受難者，張俊宏、姚嘉文、陳菊、呂秀蓮，在出獄後飛到海外散心。舊金山往往是他們的第一站，也順道來我的租屋停留。每次他們離開時，兒子總會好奇提問他們是誰。我的回答不外是他們是政治犯，兒子終於忍不住說為什麼台灣政治犯那麼多。這個記憶到今天還是非常鮮明，兒子並不知道他的父親其實也是黑名單。必須過了許久之後，他才知道我的政治經歷。他出生在一個言論自由的美洲，從來不曾理解言論被查禁、書籍被查禁的滋味。但是美國卻有種族歧視的問題，不僅黑白之間的鴻溝從未弭平，宗教衝突也仍然存在。

如今兒子已經有他自己的家庭，我內心從不要求他必須回報。父子之間的互動，其實是相敬如賓。只是他會在幽微處表達他的感情，那種看不見的連帶感，只有兩人可以體會。兩個孫兒坐在後座，不免會打鬧喧譁，兒子只說一聲安靜下來，果然真的車內就安靜了。車子在島上公路奔馳時，每次一個轉彎就是一片令人訝異的風景。那片風景不能用華麗來形容，而是壯闊而宏偉。尤其車子在山路迂迴前進時，雲霧從山下升起，有時甚至湧進路的前頭，彷彿是在天空飛翔那樣。直到所有雲霧撥開時，才察覺車子已經到達山腰。舉目望去，一片綠色的田野與森林都在眼前敞開。

綠野仙蹤，曾經是一部電影的名字。現在似乎身處在真實版的風景裡，在雲霧之間穿梭，我終於才明白為什麼有那麼多訪客迢迢千里而來。將近兩個小時的奔馳，車子終於停留在一片沙灘的岸邊，停在一座度假旅館的廣場前。我終於明白，未來五天都會在這裡度過。下車時，海風徐徐吹送，不冷不熱正好是身體可以完全接受。站在樓前的游泳池旁，容許皮膚的毛細孔全然敞開。讓海風吹過每一寸肌膚，那是夏威夷最溫柔的風，讓所有的脾氣消失無蹤。

到達房間時，才知道裡面有兩套客房，中間是一個客廳，全家可以共享又可以保有各自的隱私。在房間裡整理行李之際，兩個孫兒已經換好泳裝，立刻就下樓奔向沙灘。他們迫不及待地奔馳，想必是夢想已久。兒子媳婦大約也需要休息一下，順便釋放緊繃的情緒。美國的上班族，每天都面臨時間緊湊的工作。兒子曾經說，他沒有閱讀的時間，所以他都是上班途中在車上聆聽有聲書。有一次他說，他已經把春上村樹的英譯錄音全部聽完。喜歡閱讀的他，只能以這種方式來彌補。他已經完全適應美國上班族的生活節奏，總是能夠在擁擠的時間速度裡，找到自己的悠閒空間。我們父子兩人，分別生活在不同的文化世界。但是在閱讀的議題上，總是不期然找到共同的對話。夏威夷蔚藍的天空，以及那波濤洶湧的海洋，使分隔兩地的家人又結合起來。兒子所創造的時光，無懈可擊。

2

曾經有過的黑名單歲月，時間特別漫長，而速度卻非常緩慢。長達十八年的流亡生活，使我的孩子被迫在國外長大。兒子與女兒都是在西雅圖出生，卻因為南下洛杉磯參加《美麗島週報》的編輯，他們終於都在加州南邊的城市成長。稍後，我又遷移到聖荷西。每一次搬家，他們都被迫要轉學。記得在離開洛杉磯的前夜，女兒突然抱怨說，在學校好不容易認識的朋友，最後都要跟他們別離。到達新的校區時，又要重新認識朋友。聽到這樣的怨言，身為父親的我，內心頗感歉疚。所有的家都是溫暖的，只是不斷移動的家很難讓孩子獲得溫暖。終於在聖荷西定居下來之後，我卻又隻身回到台灣。每一次別離，對孩子的心靈都構成傷害。一九九二年，我決心回到台灣，從此展開與兒子女兒的長期別離。

坐在夏威夷的沙灘，瞭望海上遠方的帆船，彷彿是在瞭望我的前生。我總是在孤獨的海域漂泊，卻讓孩子決定他們自己的生活空間。如今，兒子住在美國加州，而女兒則定居在荷蘭的阿姆斯特丹。全家分別住在美洲、歐洲、亞洲，時間與空間的隔離，總是在我內心浮起無法定義的焦慮。這樣的命運，是由我自己創造出來。所有別離的苦澀，也只能讓自己在內心咀嚼消化。受到兒子的邀請，在如此華麗的山光水色度假，他的心意我可以深深體會。容許我與幼小的孫兒一起度過日日夜夜，那樣的安排，其實是有意讓我獲得彌補的機會。

海浪的濤聲，隨著漲潮退潮而傳來強弱不等的音量。那種規律的節奏感，總是敲打著我的心房。這麼多年以來，全家大小都可以在有限的空間，度過寧靜的時間。有時也並不那麼寧靜，孫兒之間的吵嘴，往往帶來額外的熱鬧。選擇在千里以外的藍色海洋度假，那似乎是上天難得的一次賜福。午餐與晚餐時間，兒子總是會驅車到附近小鎮的飯店用餐。在路上奔馳時，沿途都是起伏迴旋的道路。每一個轉彎，就是一個不同的景觀。所有的山巒想必都是火山造成，有時穿越谷地時，可以看到山勢的皺褶。很難想像火山爆發時的那種憤怒，如今浮現在眼前的看來都是溫柔而慈祥。

坐在後座，我總是觀察兒子驅車時的身姿。從前他幼年時，往往是我在開車，他與妹妹都在後座。如今已經輪到他來駕駛，妻與我在後座陪伴兩個孫兒。他扶著駕駛盤的姿態，是那樣穩定，又是那樣謹慎。他已經是一家之主，即使身為父母也都要聽他的安排與吩咐。生命到達這樣的階段，彷彿是到達另外一個高峰。看待家庭的視線，隱隱中有一種超越的感覺。所謂超越，其實是不為任何瑣碎事物所干擾。兒子的任何安排，我與孫兒一樣都馴服地遵守。或者更精確地說，凡是他的安排一切都非常合理。

與兩位孫兒坐在沙灘，一起瞭望海上遠方的帆船。他們穿著泳褲，在細沙上翻滾。稍後又衝進海水，讓細沙沖刷得乾乾淨淨。他們毫不畏懼翻滾而來的浪潮，那種勇氣帶著喜悅，總是讓我想起自己童年時的海岸。台灣四面環海，應該是對所有沙灘感到非常友善。只是在戒嚴時期，往往布滿了鐵絲網，甚至也有衛兵在防守。我們往往遭到驅趕，只能隔著鐵蒺藜遠遠瞭望海洋。在那蒼白的年代，所有成長中的小孩，都毫無例外遭到剝奪。第一次可以站在海灘瞭望遠方，是在西雅圖時期的歲月。那時總是單獨驅車到海岸的碼頭，坐在車內靜靜望著夕陽下沉。那晚霞滿天的輝光，總是照亮了寂寞的心靈。

如今坐在夏威夷的海岸，也同樣面對著火紅的夕陽，緩緩落入了遠方的水平線。那輝煌華麗的景象，彷彿是一則宣言，傳達而來的信息，似乎在要求我敞開心胸，盡情擁抱豔麗的大自然。直到夕陽沉沒時，我可以想像遙遠的東方台灣正是黎明時刻。輝煌夕陽照射著緩緩移動的晚境，那麼豪華的輝光似乎給我強烈暗示，每一個時刻都值得我勇敢活下去。進入晚境之際，可以如此奢華地與家人相聚，那是上天對我的慈悲。早年的漂泊流浪，如今都換取了如此稀罕的華年。望著兩位孫兒在海岸邊的逐浪，隱隱約約可以感覺那是一種幸福。無論這樣的感覺有多庸俗，至少都讓我避開了遺憾與缺憾。

兒子飛回加州之前的一天，他驅車到達一個活火山的山口。車子在山腰間盤旋，不知不覺到達一個高度，雲層在四周漂流環繞。回望時，才看見山下一片綠色的平原。那種開闊的視野，正好顯示島嶼的迷人之處。無論從什麼角度觀察，從什麼高度眺望，那種自然之美只有在這裡才能看見。終於到達山頭的火山口，才發現有那麼多的人群，像朝聖一般圍繞著頂端。什麼時候會發生火山爆發，沒有人能夠預測。當地的管理人員以精密的儀器監控，能夠容許那麼多人群上山，想必一切都非常安全。

走到火山口時，可以望見大小不同的沙礫與石頭，微微向深處陷入，只有底部的洞口持續在冒煙。火山未曾停止活動，就好像整座山巒在呼吸那樣，一息尚存。拾起周邊的黑色石頭，其實沒有任何溫度。從山頂瞭望整座島嶼，海洋蔚藍乾淨得令人無法置信。黑色的石礫，綠色的植物，藍色的海水，相互對照之下，正好顯露夏威夷的魅力。人的生命是多麼的卑微，是多麼渺小。眺望整個沒有疆界的海洋，我只能謙卑下來，帶著一種膜拜，也帶著一種尊敬。青年時期的讀詩歲月裡，曾經在周夢蝶的詩集裡，看到他引用《可蘭經》：「如果你呼喚山，而山不來，你就走向它」。如今到達晚年歲月，也到達遙遠的夏威夷，甚至到達了尚未熄滅的火山口，我才明白了《可蘭經》的意義。

從前在海外時期，內心永恆地存在著一種漂泊感。浪跡天涯的孤獨，只有身在其中才能仔細感受。如今我又到達另一個天涯，卻完全驅除了內心的孤獨。歲月已經轉移，心境也完全不同。這次縱橫在太平洋的旅行，完全是讓兒子安排，內心自然有一種篤定。日落大海的天涯，為我帶來全新的意義。回望前塵，不免對自己遠逝的父母感到歉疚。他們曾經遭到情治人員的定期造訪，我寫給他們的書信也曾經遭到沒收。如今面對著浩瀚無邊的海洋，波浪的湧起與消退，已經有了全新的意義。時代的轉移，心情的改變，似乎也拭去了長期停駐在內心的愧疚。

站在夏威夷的峰頂，沒有什麼緣由，竟不期然想起自己的父母。長達十餘年所帶給他們的負擔，其實到此刻也還是無法放下。兒子邀請我們來與他們全家相聚，似乎也是有意無意改寫我的心情。夏威夷的浪潮，完全不同於西雅圖的海岸，也不同於洛杉磯的沙灘。彷彿站在生命的另一個高度，容許我看待海洋，看待自己，都完全不一樣。年少時期的許多夢想，都一直停留在追逐的過程。如今那些夢想不再是夢想，而是追求它，也實現它。生命中的許多缺口，可能是活火山的山口，如今一息尚存，卻容許我以平靜的心接納它。

二〇二〇年十月二十日　政大台文所

在書架之間徘徊

1

身邊保存的手稿，最早可能是海外時期的書寫。四十歲以前一直都仰賴著六百字的稿紙，全部填滿之後，如果把標點符號也算進去，就知道自己完成多少字。一九八〇年代末期，傳真機開始普遍使用時，我便練習在空白的紙張寫字。最初無法估算空白稿紙能夠容納多少字，漸漸習慣之後，一張影印紙大小的空間大約可以寫下八百字。電腦普遍使用之後，我還是習慣在稿紙上寫字。這種脾性一直保存到今天，總覺得自己的手指與大腦思考密不可分。心情平靜之際，寫字就特別從容，字跡也清晰可辨。截稿日期迫近時，整個書寫狀態就不再那麼舒緩。每過一段時期，稿紙就會累積一定的分量。二十年來，已經非常習慣在校園研究室獨對孤燈。在柔和的燈光下，讓每一個字緩緩從內心底層輸出。

如今全部的手稿，都捐贈給政大圖書館。那些字跡，其實就是我手工業時代的遺跡。我的書寫生涯，從未經過工業革命，已經進入二十一世紀，我還是停留在年少時期的脾性。每份稿紙都會留下完成的日期與地點，如果羅列起來，就是最好的心路歷程。那是非常私密的生命痕跡，也只有我才能辨識已經消失的從前。許多壓抑的心情，許多無法排遣的情緒，都壓縮在每個書寫的字跡裡。即使在最苦悶的時刻，也必須準時交稿。如何把沉澱在心靈最底層的想像召喚出來，是一種折磨，也是一種愉悅。在兩個極端之間，簡直是無窮無盡的凌遲。在深夜最寂靜的時刻，似乎可以聽見有一種齒輪在轉動。一旦腦海裡最小的齒輪啟動時，整個創作的大齒輪也跟著開始旋轉。握在手中的筆，就自然而然應運而生。

一張Ａ４的白紙攤開在桌面上，隨著分分秒秒的消逝，一個字一個字逐漸填滿了紙面。每一張空白紙大約可以填滿八百個字跡，一篇五千字的散文，大約需要六張或七張便可完成。彷彿是面對一片稻田，內心大約可以算出應該播種多少秧苗。台灣的稻田一年大約可以維持兩熟或三熟，而我的耕耘完全不分季節，而且日夜都可以持續插秧。這樣的耕讀生活，很早就化為生命的常態。這樣的耕讀，當然與古代文人截然不同。只是長期的寫作經驗，慢慢養成一種脾性，知道自己需要多少時間可以完成一篇想像中的文字。面對自己所累積起來的手稿，我終於明白自己過往的時間儲存在什麼地方。

在書架與書架之間徘徊時，感覺時間的味道特別濃厚。在一位特定作家的書籍前停下來，立刻就會知道，自己在生命中的什麼時刻曾經閱讀他。每一位作者，每一部作品，都曾經在生命的某個階段陪伴過我。或許也可以這樣說，我的閱讀史，也就是我的精神史。站在那一排詩集的書架前，許多豐富的記憶便席捲而來。在許多讀者的內心，總覺得詩的藝術並不那麼重要。但是對我而言，詩集往往是我精神逃亡的出口。我之偏愛詩集，似乎與我的朋輩截然不同。中年之前，曾經在海外的許多城市流浪過。在行囊裡，總是期待著未完成的稿子。那段時期沒有網路，能夠擁有的記憶都必須以文字留在稿紙上。那些斷簡殘篇，儲存著一息尚存的魂魄。在陌生城市的窗口下，重新閱讀那些字跡，彷彿是招魂那樣，企圖讓那些文字又重新流動。

這是非常老派的書寫方式，與年輕寫手之間的差距非常遙遠。從手稿時代到網路時代，中間橫跨了將近半個世紀。對文字的偏愛，尤其在書寫之際感受筆畫整個的結構，似乎自己的思考溫度都可以留存在每個句子、每個段落。我一直有一種偏見，或者說是一種信仰。只要文字誕生之後，時間就變成空間，生命便永恆地存放在裡面。如果這些文字，在稍後變成一本書，那種手感具體可觸。那種戀字癖，只有書寫者才能真正感受。我的字體並不漂亮，卻真正從靈魂深處孕育出來。那是我生命的延伸，也是我靈魂不可分割的一部分。

當手稿累積一定分量時，有時是十二萬字，有時是超過四十萬字，甚至將近八十萬字，便以一本書的形式結集出版。面對那些手稿時，那些時光都已經消失。凡是文字走過之處，就是我過去生命寄居的地方。篇幅有限的稿紙，正好足以容納非常私密的思考，非常私密的想像。深夜在書窗下，有一種與世隔絕的感覺，那種滋味完全並不寂寞。彷彿是我的手，在跟我的靈魂進行和諧的對話。尤其到達清晨三點、四點之際，窗外會傳來黑冠麻鷺規律的呼叫聲。牠不知道窗內有一位書寫者，因為牠的呼聲而整個精神振作起來。那是一種神祕的呼喚，懷抱一個格局有限的靈魂，只有在那個時刻，會感受天地的力量。從前在閱讀《史記》時，看到「究天人之際」的句子，似乎無法理解。在深夜時刻，聽到窗外山林間的鳴叫聲，才知道身為人與大自然之間的對話，不時都在發生。

每次完成一本文字的結集，大約十二萬字左右。稿紙的高度，大約盈寸。以一年的時間進行書寫，累積起來的高度卻只是那麼一些些，但那已經堪可告慰。抽象的思考，化為具體的文字，而終於編輯成為一本書。逝去的生命，也都容納在裡面了。那是一年或兩年的高度，如果是四五十萬字的書籍，卻又需要四年到五年的時間。無論有多艱苦，生命都值得了。把最新的一本書，與生命中的第一本書並放在一起，大約就可以衡量出自己曾經走過的思考道路。

每次出版的新書，終於置放在手上時，我必須承認那是一種喜悅。早已流逝的時間，再次回到身邊。我從來不會去計算自己建立怎樣的高度，那些就留給讀者去評審。我比較在意的是，自己有沒有推陳出新。如果沒有的話，就繼續努力吧。很難想像書中的第一篇文字是如何出發，也難以想像最後一篇文字是以怎樣的心情終結。過去的生命，都已經裝進去尺幅有限的書籍裡。它們都得到歸宿，都相當安分地接受檢驗，接受閱讀。生命從來都非常困難，不時要接受檢驗，也不時要接受考驗。一本書也許就是一本自訴狀，所有辯白的語言都已經容納在裡面。

當那些手稿都存放在圖書館的恆溫室裡，也無法保證那些字跡，可以永久保留下來。能夠存放十年或二十年，對我已經是最好的待遇。而由那些手稿所編輯出來的書籍，彷彿是靈魂的另一種轉身。那樣的形式，已經完全脫離最初的思考狀態。當那些書籍陳列在圖書館的架上，恍惚中總覺得那是別人的作品，頗覺陌生。回首過去所撰寫的書籍，最為艱難的挑戰莫過於《謝雪紅評傳》那本書。作者是男性，傳主是女性。那種性別差異，於我是一場挑戰。為了尋找謝雪紅的蹤跡，我橫跨了北美大陸。從舊金山到紐約，只要有東亞圖書館的城市，絕對會迢迢千里去造訪。甚至從東京到北京，從上海到香港，都可以看見我奔波的身影。那是一部用腳走出來的一部歷史作品，前後耗費四年的時間，才終於定稿。

2

深夜孤獨地在研究室撰稿時，有些朋友或學生會投我以憐憫的眼光。他們不知道的是，在那最孤獨的時刻，反而有一種幸福感。在內心醞釀許久的一種嚮往，終於可以容其具體實現。埋首撰寫之際，總是覺得看不見的命運之神正在祝福我。在過往的生命裡，曾經釀造許多夢想。時間過去之後，才察覺那是虛無縹緲的夢。下定決心把這樣的夢想化為文字，彷彿可以感覺不知名的神正在祝福我。尤其在午夜最寂靜的時刻，那尊神距離我最接近。能夠那樣感受時，我就知道自己不是唯一的存在，而是有一種看不見的力量隱隱在為我加持。尤其書寫到近乎亢奮的狀態時，再也不會有任何力量阻擋我。

如果第二天沒有上課的話，心情便會更加從容。每個夜晚走回自己的研究室，河堤的夜燈把我的身影拉得特別長。景美溪的水光閃爍不定，我的心情狀態反而更加穩定。預期中的那本書，距離完成的終點可以更接近一點點。每次那樣思考時，從後山校門爬上坡道，絲毫都不會覺得疲倦。那是一種赴約的心情，我正要前往去實現。山上的風隨著季節變化而強弱不定，如果是在春天，風的速度尤其溫柔。穿越過行道樹時，那些杉樹與樟樹總是會微微搖動。那是一種招手的儀式，歡迎我在夜間再次陪伴它們。如果是在秋天風勢較強，我會踩過滿地落葉，聽見腳底碎裂的聲音。春天與秋天是我偏愛的季節，心靈底層似乎可以與那一排行道樹，進行沉默的對話。

我一直相信，樹木也是一種精靈。它們沉默不語，我卻可以感覺一種看不見的祝福。它們見證一位進入中年的讀書人，在樹葉底下穿越而過。那一位熟悉的身影，從中年到晚年，總是不忘在夜間對那排樹林行注目禮。那是一種充滿謝意的眼神，有時也會帶著一種敬意。樹的年齡永遠比這位行人還要蒼老，夜間的互相陪伴，便有祝福暗藏其中。沉默不語的那排行道樹，站在那裡便已足夠。清晨再次穿越那排行道樹，我正走向回家的道路。微風輕輕拂過，似乎可以感覺那排行道樹正在跟我說再見。友善的樟樹與杉樹，讓我在夜間閱讀與書寫之際，完全不會感受到寂寞。我知道還有許多精靈，正遠遠地陪伴著我。

仍然記得二〇一一年秋天，終於把文學史的最後一章、最後一段完成時，內心情不自禁發出吶喊的聲音。超過十年的長久書寫，等於是在與自己的意志進行對決。在書寫之際，完全看不到終點在哪裡。只知道每次完成一章，就會更靠近一點點。從那排行道樹穿越時，我會抬頭默默向它們報告，今天又完成了一段路程。那可能沒有任何意義，我卻把它當成一種約定。看不到終點的漫長道路，彷彿是在考驗我的意志。這是一種自我挑戰，也是一種自我承諾。沒有人會發現，但我覺得那一排行道樹非常明白。

那時已經跨過五十歲，而且篤定朝著晚年的歲月前進。書籍堆積如山的研究室，每過一段時間就會換另一批作品。仍然記得最初開始書寫時，整個閱讀遊走在殖民地時期台灣作家之間。有時是日語，有時是漢語。每次在閱讀時，就可以感覺自己的靈魂底層，又墊高一點點。從一九二〇年代出發，也從字跡模糊的《台灣民報》出發。有時是漢文，有時是日文，在不同語言之間穿梭時，更加可以感受殖民地文學的苦澀。他們在使用漢語時，似乎有些粗糙，也有些陌生。直到他們使用日語表達時，文學的深度才慢慢顯露出來。

面對他們的文字時，內心底層總會浮出定義不明的荒涼感，有時也會有一種寂寞感。但是閱讀之後，我內心充滿了感謝。非常慶幸台灣的先人，勇敢使用陌生的日語與漢語，表達他們各自的心情。那種慶幸感，是因為那些文字引領著我走入他們的時代。那是一種陌生的語言，卻足夠承載殖民地時期的心靈世界。在孤獨閱讀，孤獨書寫之際，我的靈魂逐漸產生一種共感（compassion）。他們所受到的屈辱，所遭遇的矮化，即使在半個世紀之後，我還是可以領受。那樣的感覺，讓我在心靈底層生出一種動力。有一種聲音默默告訴我，讓他們浮出地表吧，讓他們繼續說話吧。

從一九二〇年代啟程，深夜裡我可以感覺先人的魂魄陪伴著我。那是一種隔代對話，甚至是一種隔世對話。似乎有一種神祕的經驗，不知道從什麼地方，浮現在自己的內心。那種神祕經驗浮現時，我便知道自己可以進入他們的世界。從來沒有鬼神經驗的我，卻覺得他們的靈魂與我特別靠近。憑藉那樣的經驗，我慢慢進入他們的時代。一種看不見的心靈交流，深夜裡正在發生，而我確切知道那不是鬼神，而是具體感受。閱讀能夠到達那樣的地步，所有的書寫都變成可能。在那段時期，殖民地作家的作品還未以全集的形式出版。我只能在顏色陳舊的文學雜誌之間翻閱，那是一種全新的書寫教育，讓我在字跡模糊的書頁中跋涉前進。

終於完成一九二〇年代的文學巡禮，我便已經在內心告訴自己，這項書寫工程應該可以完成，只是不知道時間的終點而已。埋首在文學史的書寫之際，其實也同時營造散文書寫與文學批評。同時進行不同的思考、不停的探索，反而可以讓自己內心的壓力紓解一些。事實上沒有任何人給我壓力，那完全是出自一種自我要求。給自己一個交代，給自己一個許諾，大約就是當年出發時的心情。學術論文與文學創作，也同時在進行。在那完整的十年裡，其實也同時在進行散文創作與書評工作。讓自己的心情溢出一點點，內心的壓力也就釋出一點點。

那是生命中夢幻的十年，如果重新來過一次，大約不敢再次嘗試。畢竟漫長的歲月是一種凌遲，也是一種自我懲罰。畢竟自己未曾崩潰過，每次感受到快要接近極限之際，總是會尋找一個理由，容許自己怠惰，容許自己耍廢。那時出版了一系列的夜讀筆記，從《深山夜讀》一直到《晚秋夜讀》，都是我平時的筆記。閱讀量那麼龐大，如果沒有留下紀錄很有可能就輕易遺忘。我頗知自己的腦容量極其有限，夜讀系列提醒自己曾經走過多少作者，走過多少作品。

完成的書稿出版時，終於羅列在書架上。每次經過它們時，彷彿是經過我的前生。那是我靈魂的痕跡，也是我生命的碑石。在書架之間徘徊時，有時我會抽出來閱讀。只是想發現什麼時候留下什麼文字，什麼時候釀造了什麼樣的思考。每一本書其實就是一個墓室，裡面埋葬著過往的生命，只有重新閱讀之際，靈魂會再次召喚回來。重新閱讀，其實是生命的再出發。每本書就是生命的刻痕，標記著自己走了有多遙遠。

二〇二〇年十一月十九日 政大台文所

文學叢書 655

邊界與燈

作　　者　陳芳明
總 編 輯　初安民
責任編輯　林家鵬
美術編輯　黃昶憲
校　　對　陳芳明　潘貞仁　林家鵬

發 行 人　張書銘
出　　版　INK印刻文學生活雜誌出版股份有限公司
新北市中和區建一路249號8樓
電話：02-22281626
傳真：02-22281598
e-mail：ink.book@msa.hinet.net
網　　址　舒讀網http：//www.inksudu.com.tw

法律顧問　巨鼎博達法律事務所
施竣中律師
總 代 理　成陽出版股份有限公司
電話：03-3589000（代表號）
傳真：03-3556521
郵政劃撥　19785090 印刻文學生活雜誌出版股份有限公司
印　　刷　海王印刷事業股份有限公司

港澳總經銷　泛華發行代理有限公司
地　　址　香港新界將軍澳工業邨駿昌街7號2樓
電　　話　(852) 2798 2220
傳　　真　(852) 3181 3973
網　　址　www.gccd.com.hk

出版日期　2021年 5 月　初版
ISBN　978-986-387-397-6

定　價　330元

國家圖書館出版品預行編目資料

邊界與燈 / 陳芳明著；--初版，--
新北市：INK印刻文學，2021. 5
面；17 × 23公分. --（文學叢書；655）
ISBN 978-986-387-397-6（平裝）
863.55　　110003672

舒　讀　網